中公文庫

# 西から来た死体

## 錦川鉄道殺人事件

西村京太郎

中央公論新社

目次

# 西から来た死体

## 錦川鉄道殺人事件

# 第一章　のぞみ一三〇号

## 1

五月十二日、ウィークデイの東京駅16番ホーム。

つい数日前のゴールデン・ウィークの時、東京駅はどこもかしこも、人で、あふれていた。特に子供の叫ぶ声や、時には、泣き声までしたのである。


　しかし、今日は、閑散としている。まるで時間が止まってしまったかのように、人の姿もまばらである。それでも、東京駅のホームは、列車の出発と到着の時間に合わせて、否応なしに、動いていく。

16時53分（午後四時五十三分）、時刻表通りに「のぞみ」一三〇号が16番ホームに到着した。広島を12時53分に発車した列車である。

ドアが開く。

あのゴールデン・ウィークの喧騒《けんそう》が嘘《うそ》のように、降りてくる乗客はまばらで、何よりも子供の声が、しない。

乗客がほとんど降りて、清掃員が車内に入ろうとした時、9号グリーン車の辺りから突然、叫び声が、聞こえた。

それを聞いて、ホームにいた駅員が、慌てて9号車のほうに、走っていった。

のぞみは十六両編成で、今年の春のダイヤ改正から、全車、一番新しいN700系の車両に、なっていた。

東京駅に入ってくる時は、下りとは逆に16号車が先頭になる。

叫び声を聞いて、ホームを全速力で走っていった駅員は、9号車にたどり着いた時には、息を弾ませていた。

「こっちに来てくれ」

と、車掌が車内から、大きな声で叫んでいる。

のぞみは8号車、9号車、そして、10号車が、グリーン車である。その真ん中の9号車、上りは、逆に入ってくるから、9号車の車内でも、1番から16番まで座席は全て逆になっていて、16番が到着時は先頭になっている。

その16番のA、窓側の座席、そこに座っている着物姿の女性が、ぐったりと、座席にもたれたまま、全く動こうとしない。

醜く口を開いていて、青ざめた表情の車掌が、それを指さしながら、

「どうやら、すでに死んでいるようだが、すぐに一一九番してくれ」

連絡を受けた鉄道捜査官二人と、JR東海の助役一人が飛んできた。

鉄道捜査官の一人が、女性に顔を近づけてから、

「正式には、司法解剖の結果を待たなくてはなりませんが、明らかに青酸中毒死ですね。かすかに、アーモンドのような匂いがしますから。おそらく、死後一時間は経っていると思います」

と、いった。

「死んでいるんですか？」

驚いた顔で助役が、きくと、鉄道捜査官は、

「間違いなく死んでいますよ。それでも救急車と警察を呼んで、運んでもらいましょう」

と、いった。

もう一人の鉄道捜査官は、被害者が座っていた16Aの座席の周辺を、何やらしきりに、調べていたが、

「ありませんね」

と、いった。

「何がですか?」

と、車掌が、きいた。

車掌の顔は、まだ、青ざめたままである。

「もし、青酸カリを飲んだのだとすると、たいていはコーヒーか、あるいはジュースのようなものと一緒に飲むのが、普通です。それなのに缶コーヒーや缶ジュースの類いが、見つからないのです。まさか青酸カリだけを飲んだとは思えません」

「とすると、自殺よりも他殺の可能性の方が高いですね」

「そうです」

「犯人は、この女性に青酸カリを飲ませておいて、その缶とか容器を持って、下車したんだと思います」

と、捜査官は、車掌に眼をやった。

座席上の物置棚には、被害者の物と思われるボストンバッグが、置いてあった。

「広島から乗車した女性の、隣りの座席には、五十歳くらいの男性が座っていたことは、覚えているのですが。広島から東京まで四時間、途中、八つの駅に停まりますので……」

と、車掌が、いった。

のぞみ一三〇号の停車駅は、広島を出てから岡山、姫路、新神戸、新大阪、京都、名古屋、新横浜、品川と、終点の東京までに、八駅もあるし、車両を移動したかも知れない。車掌が、そのうちのどこで、その男が降りたのかわからないというのも、無理はなかった。

夜、被害者が持っていた障害者手帳から、女性の名前は、沢田澄江《すみえ》、六十五歳と判明した。障害者手帳によると、現住所は、東京の等々力《とどろき》にあるマンションになっていた。

障害は三級で、司法解剖をした医者の話では、被害者の耳には、補聴器が入っていたというから、障害者手帳にある通り、おそらく耳に、障害を持っていたのだろう。

ボストンバッグの中には、他に着替えや化粧道具、ハンカチが入っていたが、財布や携帯電話は、見つからなかった。

翌日、十津川は朝一番で、若い三田村刑事と、女性刑事の北条《ほうじょう》早苗《さなえ》の二人に、障害者手帳にあった等々力のマンションに行って、被害者、沢田澄江のことを調べてくるようにと、いった。

## 2

問題のマンションは、すぐに、わかった。等々力の駅前にある、近辺でも有名な、三十二階建ての真新しい超高層マンションだったからである。

「グランド等々力」という名前の付いた三十二階建てマンションの最上階三二〇四号室が、被害者の沢田澄江の部屋だという。

エントランスの、受付にいた三十代後半と思われる、女性管理人に、三田村が警察手帳を見せてから、まず北条早苗が、

「沢田澄江さんは、いつから、こちらのマンションに、住んでいるんですか?」

と、きいた。

それに答えて、女性管理人が、

「このマンションは、今から二年ほど前にできたんですが、沢田さんは、その時に入居されて、ずっとここに、住んでいらっしゃいます」

と、いった。

「沢田さんの部屋は、最上階の三十二階ということですが、その部屋は、どのくらい

の広さがあるのでしょうか？」

　三田村が、きいた。

「2LDKですが、結構広いのではないかと思います」

「月々の部屋代は、いくらですか？」

「沢田さんのお部屋ですと、六十万円になります」

「これは、念のためにお聞きしますが、沢田澄江さんは、家賃月六十万円の部屋に、この二年間ずっと、住んでいるんですね？」

「ええ、そうです」

「これまでに、部屋代が滞ったことはありますか？」

「それはありません。少なくとも、私の知っている限りでは、そういうことは一度もありません」

　と、女性管理人が、いった。

「実は昨日、突然、沢田澄江さんが、亡くなられたのですが、そのことは、ご存じですか？」

　と、三田村が、きいた。

「ええ、先ほど上司から、聞きました。ビックリしました」

「あなたが最後に、沢田澄江さんにお会いになったのは、いつでしたか？　その時、沢田澄江さんは、どんな様子でしたか？　何か、いつもと変わったところはありませんでしたか？」

北条早苗が、矢継ぎ早にきくと、女性管理人は、一瞬考える眼になって、

「たしか、五月八日の、朝だったと思いますけど、沢田さんが、私のところに来て、これから、旅行に行ってきます。四、五日したら、帰ってきますから、留守をお願いしますと、ニコニコ嬉しそうな顔でいって、お出かけに、なっていったんですよ。その時タクシーを呼んでほしいといわれたので、私がお呼びしました」

「どこへ行くとか、誰と一緒に行くとか、そういうことは、何かいっていませんでしたか？」

と、三田村が、きいた。

「いいえ、何も、おっしゃっていません。沢田さんという方は、普段から、口数の少ないほうですから、その時も、何も、おっしゃいませんでしたね」

「どこに行くのかと、あなたのほうから聞かなかったんですか？」

「ええ、何も、聞きませんでした」

「どうして、聞かなかったのですか？」

「沢田さんのプライバシーに、触れるようで、こちらから、そういうことは、聞いてはいけないと思ったものですから」

「沢田さんというのは、何をされている方ですか？」

　と、北条早苗がきいた。

「ご本人に、直接お聞きしたことはないので、詳しいことは、わかりませんが、よく和服を着て、お出かけになりますし、何といっても六十五歳なのに、その年齢には見えない、あれだけの、美しい方ですから、銀座か六本木辺りの、クラブのママさんじゃないかとも思ったんですが、夜の出入りは、少ないようでした」

　と、女性管理人は、いった。

「そうですか」

　と、北条早苗がいった後、三田村が、

「あなたは、沢田澄江さんが、病気や事故で、亡くなったのではなく、東京に向かっていた、新幹線の中で、殺されたことは、知っていますか？」

　と、きくと、女性管理人は、一瞬、

「えッ」

　と、絶句してから、

「今の刑事さんのお話、本当なんでしょうか?」

と、きいた。

テレビのニュースでは、この事件のことを、取り上げているが、まだ殺人事件とは発表していない。

犯人は、なんらかの方法で、沢田澄江に、青酸カリを摂取させたと見られていた。

「ええ、本当ですよ」

と、北条早苗が、いい、

「沢田澄江さんは昨日、広島から東京駅に戻ってきた、新幹線のぞみのグリーン車の中で、殺されていたのです。それで今、われわれ警視庁捜査一課が、捜査を進めているところです」

と、伝えた。

「それで、管理人さんに、お聞きするのですが、沢田澄江さんを、よく訪ねてくるような人はいませんでしたか? 男性でも女性でもいいのですが」

と、三田村が、きく。

「私にはわかりません」

女性管理人が、いう。

「あなたは、いつも、受付にいらっしゃるわけでしょう?」

「はい、そうですが」

「それなのに、わからないのですか?」

三田村が、いうと、相手は、その理由を説明した。

女性管理人の説明によると、このマンションは、オートロックになっている。だから、マンションの住人を訪ねてきた人間は、入り口についている、インターホンで部屋番号を押すと、その部屋に住んでいる人が映像で相手を確認し、開錠のボタンを押して、入り口のドアを開く。そのあとエレベーターで目的の部屋に上がっていくシステムになっているのだという。

したがって、エントランスの受付にいる、女性管理人に断わらずに、住人を訪ねていくことも可能なのだというのである。

今度は、北条早苗が、

「沢田澄江さんは障害三級の障害者手帳を持っていて、普段からイヤホンのような補聴器を、耳に着けていたようなのですが、あなたは、彼女が難聴だと知っていましたか?」

と、きいた。

女性管理人が、答えた。

「たしかに、私も以前、沢田さんから、実は私は障害を持っていると聞かされて、障害者手帳を、見せられたことがあります。それに、補聴器を着けているのを、何回も、見たことがあります。ですから、沢田さんが障害者であることは、知っていました。でも、症状は、軽かったんじゃないでしょうか」

「なぜ、そう思ったんですか？」

北条早苗は、聞き返した。

「だって、沢田さん、時々ですけど、補聴器をしないで話をしていることがありましたから。おそらく、ちゃんと、聞こえていたんだと思います」

「しかし、聴覚障害三級という障害者手帳は、役所が慎重に、調べて、発行するものでしょう？」

と、北条早苗がいった。

「ええ、たしかに、刑事さんがおっしゃる通り、役所が、判断して交付するらしいのですが、耳の判定は、一番難しいんだと聞いたことがあります。何しろ、本人が聞こえないといってしまえば、それで障害者手帳が、もらえることがあるみたいなんです」

女性管理人は、決めつけるように、いった。

「それでは、沢田澄江さんの部屋に、案内してください」

と、三田村が、いった。

3

三人は、エレベーターで最上階の三十二階まで上がった。

三二〇四号室のドアには「沢田」と印刷された、小さな、表札があるだけだった。

いかにも隠れ家という感じがする。

女性管理人が、マスターキーでドアを開けてくれた。

2LDKといっていたが、それ以上に広く見える部屋である。

三田村たちを案内してきた女性管理人は、二人の刑事に、遠慮したのか、

「私は、一階の受付に、おりますので、終わりましたら声を、かけてください」

と、いって、下に、降りていった。

三田村と北条早苗は、ゆっくりと部屋の中を見ることができた。

まず、2LDKのあちこちを、写真に撮ってから、時間をかけて、部屋の中を慎重

に、調べていった。

応接室の壁には、アンディ・ウォーホルの絵が掛かっていた。

「応接セットもボストンバッグも、ストーブなんかも、どれも高そうなものばかりだけど、どれもこれもアンティークなものばかりね。一昔、ふた昔前の、贅沢品《ぜいたくひん》のような気がするわ」

北条早苗が、いった。

「そうだな。たしかに、君のいう通り、そんな感じがするね。例えば、この応接セットにしたって、まさに、アンティークなデザインで、高価なものなんだろうが、ロココ調で古めかしい。そんな気がするよ」

と三田村も、応じた。

シャンデリアも同じ感じがした。たしかに素晴らしいものなのだろうが、どこか、デザインが古いのである。

最後に、寝室に入った時、またも古いものが、見つかった。

それは、寝室の壁に貼ってあった一枚の大きな、白黒の写真だった。若くて美しい、着物がよく似合う女性の、写真である。少し焼けてセピア色だった。

じっと、その写真を見つめていた三田村が、

「これって、沢田澄江本人の、若い頃の写真じゃないか？」

「そうかも知れないわね。たしかに似ているわ。今から四、五十年前の彼女の写真かも知れない。プロのカメラマンが、撮ったみたいだわ」

と、北条早苗が、いった。

その古い写真に、写っている女性は、現在の沢田澄江と、どこか似ているようだった。ただ、十五歳の少女のようにも、立派な成人女性のようにも見えた。

「沢田澄江は、この真新しい現代的な、超高層マンションの中で、古いものに、囲まれて、生活していたようだな」

と、三田村が、いった。

三田村がいうように、部屋の中には、家具も電器製品も、新しいと思えるようなものは、何一つなかった。

二人は、改めて、部屋の中の、気になるものをカメラに収めてから、捜査本部に、帰ることにした。

# 4

すでに、丸の内警察署に捜査本部が置かれていた。

二人の刑事は、その、捜査本部に帰り、「グランド等々力」の女性管理人から聞いたことを報告したあと、沢田澄江の自宅マンションで、撮ってきた写真を、十津川や亀井に、見せることにした。

その一枚一枚の写真を、モニターの画面に、大きく映しながら、北条早苗と三田村が、十津川に説明した。

「ご覧のように、沢田澄江の自宅は、二年前に、等々力の駅前に完成した、真新しい三十二階建ての、超高層マンションの最上階です。部屋の中に入ってまず、私と北条刑事が、気づいたのは、さまざまなもの、例えば、応接セットなどの、調度品とかストーブとか、あるいは、シャンデリアとか、そうしたものが、全ていいものなのに、かなり古いデザインのものが置かれているということです。まるで、被害者は、五十年前とか、そのくらいの、古いものを買い集めては、部屋を飾り、その中で、生きていたような、そんな感じがしました。その典型的なものがこれです」

三田村は、寝室の壁に貼ってあった、白黒写真を、モニターに映し出した。

何かを、踊っているような、そんな一瞬を、とらえた写真のようにも、見える。

「それにしても、ずいぶん古い写真だな。相当昔、四、五十年前に写したものじゃないか」

亀井が、感心したように、いうと、横から、十津川が、

「この若い女性の写真だが、被害者、沢田澄江の、若い時の写真なのかね？」

と、きいた。

「多分そうでしょうが、まだ断定はできません」

と、三田村が、いい、それに、つけ加えるように、北条早苗が、

「似ていますから、私は、被害者、沢田澄江の若い頃の写真ではないかと、思います」

「この白黒写真は、被害者のマンションの、寝室の壁に、貼ってあったんだろう？」

と、十津川が、きいた。

「そうです」

「だったら、被害者本人の写真だと、考えてもいいんじゃないのかな。常識的に考えれば、他人の写真、それも、何十年も前の他人の写真を、わざわざ、自分の寝室に飾

ったりはしないだろう」

「私も、警部の意見に賛成です。被害者本人の写真と、考えていいと思います」

と、北条早苗がいい、言葉を続けて、

「それに、沢田澄江の部屋の中には、最新のデザインのものが、全くありませんでした。家具や台所用品にしても、そこに、あったのは、どれも形が一昔以上前のデザインのものばかりです。もちろん、本人の趣味なんでしょうが」

と、いった。

「一つ、君たちに、確認しておきたいことがあるのだが、沢田澄江は、五月八日の朝、マンションの、女性管理人に向かって、旅行に行ってくる。四、五日したら、帰ってくる。そういって、呼んでもらったタクシーに乗って、出かけたんだな？　それは、間違いないんだな？」

と、十津川が、きいた。

「そうです。女性管理人は、そう、証言しています。タクシー会社にも確認しました」

三田村が答える。

「そういって旅行に出かけた沢田澄江は、四日後の五月十二日に、広島から新幹線のぞみ一三〇号で、帰京しようとしていた。それはわかっている。しかし、東京に着く前に、何者かに、新幹線の中で殺された。つまり、そういうことに、なるわけだな？」

「はい、そう思います」

「広島から東京に帰ってくる途中、列車の中で、初めて犯人に会ったのかな？　それとも、広島で、すでに会っていて、その人間に、殺されたのかな？」

　自問するように、十津川がいった。

「今のところ、そのどちらとも、断定することはできません。両方の可能性がありますから」

　北条早苗が、いった。

「そうか。君たちの話は、よくわかった。被害者の写真を持って、一度、広島に行ってみることにする」

　十津川が、いった。

　十津川は、五月十二日ののぞみ一三〇号に、広島から乗車していた車掌にも、自分自身で会って、話を、聞いてみたかったのである。

　翌日。十津川は亀井と新幹線のぞみで、広島に向かった。10時50分発の広島行きののぞみ一〇七号である。広島着は、14時50分である。

出発前、車掌は不在だったので、ＪＲ東海の助役に会い、これから、広島に行くというと、助役は、車掌の説明で作ってみたという、似顔絵を、十津川に、渡してくれた。

沢田澄江の隣り、16のＢに座っていたという中年の男の似顔絵である。野球帽を被っていた。

この似顔絵が、役に立つかどうかは、まだわからなかった。何しろ、似顔絵づくりに、協力した車掌も、

「中年の男だったことは、間違いありません。感じからすると、五十歳くらいでした。ただ、申し訳ありませんが、帽子を被っていたこともあり、顔はよく覚えていないのです」

と、いっていたからである。

そして、まだ、16のＢの指定券は見つかっていない。

十津川と亀井はのぞみの9号車グリーン車に乗った。

二人の乗った広島行きののぞみは下りの列車なので、16のＡと16のＢは、9号車の最後尾になる。二人は、そこに並んで腰を下ろした。

「何でも最近のグリーン車の座席は、車両の両端から売れていくそうですね。最近は

老人が多くなったので、両端は、トイレが近くにあって便利だし、出入り口も、近いですからね。それで、両端から売れていくんだそうですよ」

と、亀井が、いった。

「その話なら、私も聞いたことがあるよ」

十津川が、応じる。

「そう考えると、殺された被害者の沢田澄江という女性も、いくら、六十五歳という年齢よりも、若く見えるとはいっても、一応は、老人の部類ですからね。それで、9号車グリーン車の一番端の16Aの座席に、座っていたのかも知れませんよ」

と、亀井が、いった。

「たしかに、カメさんのいう通りかも知れないね。もし、そうだとすると、犯人にしてみれば、相手が一番端の座席に座っていたことで、かえって、殺しやすかったんじゃないかな？　これがもし真ん中辺りの、座席、それも、通路側に座っていたりしたら、乗客が、時々そばを通ったり、前後左右に人の目もあるから、青酸カリを摂取させるのは、大変だったろうからね」

「たしかに、一番前の、窓側の座席に、座っていれば、殺しやすかったかも知れません」

と、亀井も、いった。

車内販売が回ってきたので、二人は、弁当とお茶を買った。それを口にしながら、十津川は、東京から持ってきた二枚の写真を、取り出して、見ることにした。

殺された後の被害者、沢田澄江の写真と、寝室の壁に貼ってあった彼女の若い頃と思われる写真二枚のコピーである。

「被害者は、いったい、どんな経歴の女性なんですかね？」

と、亀井が、きいた。

「わからないね。何しろ、沢田澄江という名前は、聞いたことがないからね」

「彼女は、間違いなく、豊かな生活を送っていました。何しろ、三田村刑事たちの、報告によれば、家賃が六十万円もするような高級マンションに、二年間も、住んでいたようですし、部屋の中には、古めかしいものですが、高級品ばかり集めていたようですから」

と、亀井が、いった。

二人が弁当を食べている途中で、十津川に、電話が入った。

捜査本部にいる、北条早苗刑事からだった。

「どうした？　何かあったのか？」

と、十津川が、きくと、

「一つわかったことが、あったので、ご連絡しました。被害者の沢田澄江が殺された時に着ていた着物に、関してですが、専門家に調べてもらったところ、最低でも二百万円はする高級品ではないかと、いっています。帯のほうも西陣で、特別に作られたもので、これもおそらく、百万円ぐらいはするものだろうということでした。つまり、両方で、三百万円ぐらいの着物と帯だそうです」

と、北条早苗が、報告してくれた。

十津川は、今聞いたばかりの話を、そのまま亀井に伝えた。

「被害者は殺された時、高い着物を着、高い帯を締めていたそうだよ。両方で三百万円だそうだ。やはり、豊かな生活をしていた女性なんだよ」

「そうなると、どうしても、水商売の女性、高級クラブの、ママさんなんかを想像してしまうのですが」

「普通に考えれば、そういうことになるだろうね。しかし、夜はあまり出かけなかったようだ」

と、十津川が、いった。

二人が乗る新幹線のぞみ一〇七号は終点の広島駅に着いた。定刻の14時50分である。

東京から四時間。

十津川は、

「四時間までは、列車にするが、それを超えると飛行機にする客が、多くなるそうだよ」

そんなことを、亀井に、いいながら、ホームに降りた。

昨日の広島は、真夏のような暑さだったそうだが、今日は、むしろ涼しいくらいの気候に、なっている。

十津川は、まず、広島県警本部に、挨拶に行くことにした。県警本部長に挨拶し、その後、捜査一課長に会って、五月十二日に広島発東京行きの新幹線のぞみ一三〇号の中で起きた殺人事件について、これまでに、調べたことを話した。

もちろん、捜査一課長は、この、殺人事件のことをよく知っていて、

「広島発東京行きののぞみ一三〇号の車内で殺されていたというので、こちらでも、何人もの刑事を、動員して、調べてみたのだが、被害者のことを、知っているという者は、誰もいなかったよ」

と、いった。

「そうですか。しかし、仕方がないことかもしれません」

「どうしてだ？」

「何しろ、被害者の女性は広島ではなく、東京に住んでいる人間ですからね。犯人のほうも、東京の人間である可能性が、高いのではないかと思いますから」

十津川は東京から持ってきた写真のコピーのうち、白黒のほうだけを、一課長に見せた。

「これは何の写真かね？」

と、一課長が、きく。

「被害者が住んでいた、等々力の超高層マンションの寝室の壁に、この、白黒写真が飾ってあったのですよ。どう見ても、四、五十年くらいは経っている、古い写真だと思うのですが、被害者本人の若い頃を写したものでしょう」

と、十津川が、いった。

「なるほど。たしかに五十年くらいは経っているかも知れない古い白黒写真だが、それにしても、なかなかの、美人じゃないか。女優さんみたいだ」

と、一課長が、微笑した。

それから、もう一枚、例の中年男の似顔絵を、十津川は、一課長に、渡した。

「似顔絵だね？」

「そうです。ＪＲ東海の助役さんが、描いてくれました。この似顔絵の男が、広島発東京行きののぞみ一三〇号に、被害者と一緒に、乗っていたのではないかと、思われている中年の男です。被害者の隣りの座席、すなわち16のＢに、この男が、座っていたのですが、列車が、東京に着いたときには、姿を消していました。この中年男が、犯人ならば、被害者の沢田澄江を、殺してから、東京までのどこかの駅でのぞみ一三〇号を、降りたに違いありません」

と、十津川が、説明した。

「それにしても、この似顔絵は、帽子を被っていて、顔がはっきりしないね」

「そうなんですよ。問題ののぞみ一三〇号に乗務していた車掌の証言をもとに、描いてくれたのですが、車掌は、五十歳くらいだったと、言っているのです」

「それでも、一応、この似顔絵で、手配をしてみよう。もし、この中年男が、広島の人間なら、よく似た人間を知っているという者が、現われるかも知れないからね」

と、一課長が、いった。

二人は、広島県警本部を出た。

歩きながら、十津川が、亀井に向かって、いった。

「広島というと、広島カープが有名だし、最近では人気もあるが、それでも久しぶりに、広島に来ると、どうしても、原爆のことを考えてしまうね」

「それは、仕方がありませんよ。私も広島に来ると、どうしても、そのことが、頭をよぎってしまいますから」

「やっぱり、カメさんもか」

「そうですよ。何しろ、原爆を落としたアメリカ人でさえ、あの広島には、これから先、何十年も木も生えないだろうし、人間も住めないだろうと、いっていたそうですよ。それなのに、戦後、広島は、ものすごい勢いで復興しましたからね」

と、亀井が、いった。

「それにしても、被害者の、沢田澄江は、どういう目的があって、どういう心境でこの広島にやって来たのだろうか？　その理由を知りたいね。それがわかれば、捜査が一歩も二歩も前進するだろうからね」

「もしかしたら、広島は、被害者の郷里なのかも知れませんね」

「その可能性もあると思うが、郷里なら、連休の後に来て、わずか四日間で東京に、帰ってしまうようなことは、しないんじゃないかな。もし、私が郷里に行くなら、ゴールデン・ウィークに、ゆっくり来るか、それとも、混み合うゴールデン・ウィークを外して、その分、一週間くらいは、のんびりしようと、思うからね」

と、十津川が、いった。

「たしかに、そうかも知れません」

「もし、この広島が被害者の郷里ではないとすると、普通に考えて、観光に来たのかな？」

と、十津川が、いう。

「問題の中年男と、一緒にということですか？」

「ああ、そうだ」

「観光で広島に来たとすれば、普通に行くのは、厳島《いつくしま》神社でしょうね？」

「そうだろうね。われわれも、厳島神社に行ってみることにするか」

と、十津川が、いった。

## 5

十津川が厳島にといったのは、被害者、沢田澄江が、金銭に余裕のある生活をしていたからである。

三田村と北条早苗の二人が調べたところでは、月の家賃が六十万円もするような高級マンションに住み、三百万円もする着物と帯を身につけて、どんな仕事をしているのかはわからないが、豊かな生活をしていたことはわかる。

そんな人間であれば、たとえ何か用事があって、広島に来たとしても、一日くらいは、観光に時間を費やすのではないかと、十津川は思ったのだ。

二人はタクシーを拾って、港に向かった。厳島行きのフェリーが出ている港である。厳島行きのフェリーは、十五分間隔くらいで、次から次へと、ひっきりなしに、出ていた。それだけ厳島に行こうと思う観光客が多いのだろう。

港に接岸している厳島行きのフェリーは、それほど、大きな船ではない。それに、厳島は、すぐ、目の前である。二人がフェリーに乗り込むとすぐ出港し、たちまちのうちに、厳島神社の赤い大鳥居が近づいてきた。

フェリーが着く港のすぐ前が、商店街になっていて、土産物《みやげ》を扱う観光客目当ての店が、集まっていた。フェリーの中も、土産物店も、意外に、外国人の姿が多かった。

二人は、派出所を探し、そこにいた巡査長に、被害者の写真を見せた。

「この写真は、東京の女性で、五月十二日に広島発の新幹線のぞみ一三〇号で東京に、戻ってきたのだが、その車内で、何者かに殺されてしまった被害者なんだ」

十津川が、簡単に説明すると、巡査長も、もちろん事件のことはよく知っていて、

「私も、この島の中で、知り合いと、話しましたが、この被害者を知っている者はいませんでした」

と、いう。

「ここに来たことはなかったかを知りたいんだ」

「承知しました。何かわかりましたら、すぐお知らせします」

と、巡査長は、いった。

十津川は港に戻った。

小さな店が多い。厳島らしくしゃもじを並べて売っている店もあった。

二人は歩き疲れノドが渇いてしまったので、コーヒーを飲みながら一休みすることにした。

「ここに入ろう」

十津川たちは、一軒のカフェに入った。

観光地のカフェらしく、入り口のドアがなくて、オープンスペースになっている。

椅子に座り、コーヒーを注文すると、亀井が、小声で、

「警部、通りの向こうに、さっきから、われわれをじっと見ている男がいます。妙に気になるんですが」

十津川は、身体を動かさず、

「若い男か？」

「いえ、若くないです。四十歳にはなっていると思います」

「例の男ではないな？」

「それはわかりませんが、われわれのことを、写真に、撮ろうとしているみたいですね。別のものを、撮るふりをして、時々、われわれにカメラを向けています。どうしますか、こちらも、相手に、気づかないふりで、写真を撮っておきましょうか？」

亀井が、いう。

「そうしてくれ。後で、何か役に立つかもしれないからな」

亀井は、自分の持っているカメラを十津川の肩越しに、構えて、連写していたが、そのうちに、

「あッ」

と、小さく声をあげた。

「どうした？　気づかれたか？」

「いや。さっきの派出所の巡査長が、職務質問をして……、派出所へ連れて行くみたいです」

「怪しいと思ったのなら、優秀じゃないか。あとで、聞いてみよう」

と、十津川が、いった。

その間、十津川は、一度も、店の外を見ていない。

亀井が、カメラに収めた男の写真を、十津川に見せた。

Gパンに、黒いジャンパー。リュックを背負い、カメラを持っている。その恰好は、普通の観光客に見える。年齢は、四十前後といったところか。

「あの容疑者じゃないな」

と、十津川は、いった。

中年というには、若く見えるのだ。

十津川たちは、一休みすると、派出所に回ってみた。

あの巡査長が、ひとりで、観光客相手に、道案内をしていた。それが、ひと区切りしたところで、十津川が、声をかけた。

「さっきの男は、どうした?」

「見ておられたんですか?」

「ああ。見ていた。怪しいと思ったから、職務質問したんだろう?」

「そうです」

「それで、何かわかったのか？」

「今は忙しいというので、明日の午前十時に、ここに顔を出すことになっています」

「そんな約束を信用したのか？」

「大丈夫です」

「どうして？」

「これを、預かりました」

と、巡査長は、机の引出しから、一台のカメラを取り出した。

「大手メーカーが作ったプロ用の最新カメラで、小型で高性能です。百万円近くします」

「君は、どうして、そんなことを知ってるんだ？」

「私の唯一の趣味は写真です。他にありません。写真雑誌を購読しているので、このカメラのことは、よく知っていますが、私には、手が出ない。そんなカメラを、観光客の一人が、持っていたんです」

「それで、職務質問をしたのか？」

「そうです。観光に必要なカメラじゃありません。一般の人には、むしろ使いにくいものです」

「それで、何者かわかったのか？」

「名刺をもらいました」

巡査長は、その名刺を、十津川に見せた。

「東京の私立探偵か」

「それで、一応、プロ用のカメラを持っていた理由は、わかりました」

「つまり、仕事で、広島、厳島に、来ているというわけか？」

「そういっています」

「その仕事の内容は聞いたのか？」

「いえ。聞いていません」

「どうして？」

「向こうは、仕事上、依頼主の名前や、調査内容は、明らかに出来ないといいました。私としてはそれで、納得しました」

「そうか。このカメラに、何が写っているか、調べれば、この男の仕事の内容もわかるな」

と、亀井が、いった。

「それは、無理だと思います」

と、巡査長が、いう。

「どうしてだ？」

「この新しいカメラには、持ち主だけが知っている暗証番号が入っていて、遠隔操作で、撮った映像を、消去できるんです」

「本当か？」

「私が読んだ雑誌の記事には、そう書いてありました」

と、巡査長が、いう。

そのうちに、カメラの小さな赤いランプがまたたき始めた。

「消去開始」

の文字が見える。

「くそッ」

と、十津川は、「再生」ボタンを押した。

土産物店にいる十津川と、亀井が、三インチの画面に浮かび上がった。

十津川は、再生ボタンを、押し続けた。

だが、消去のほうが早い。あっという間に、「消去終了」になってしまった。

残ったのは、たった一枚。それも、十津川と亀井の写真である。

「明日の午前十時に、このカメラを取りに来ることになっているんだな？」

「そうです」

「それなら、私たちも、明日、また来る」

と、十津川は、いった。

# 第二章　岩日北線の夢

## 1

結局、五月十五日の午前十時に、東京から来たという私立探偵は、厳島の派出所に現れなかった。

その翌日、十津川は、亀井や、ほかの若い刑事たちと一緒に、等々力にいた。

正確にいえば、等々力の、超高層マンションの最上階にある、被害者、沢田澄江の部屋にいたのである。

間取りは、2LDK、といっても普通の2LDKよりかなり広い。贅沢に作られた、最上階の部屋である。

応接室の壁には、ウォーホルの絵が何枚も飾ってあった。

彼も四、五十年前——一九六〇年代には活躍していた芸術家である。

おそらく、最低でも一枚三百万円から五百万円くらいはする高価な絵である。

寝室の壁には、彼女が若い時に撮ったものと思われる白黒の写真が、大きく、引き伸ばして、貼ってあった。これはたぶん、彼女が、最も美しかった頃の写真だろう。

確かに、誰が見ても、美しいと思う写真だった。

応接室の調度品も、天井から下がっているシャンデリアも、寝室のベッドも、全てが、今から四、五十年くらい前に、流行《はや》っていたものだった。おそらく、自分が、最も美しかった頃に合わせて、部屋の調度品もその頃のものを揃えて、沢田澄江は、その時代に生きている気持ちを味わっていたのではないだろうか。

十津川は改めて、三十畳ほどはある広い応接室を、見回した。

そして、つぶやいた。

「おかしいな」

その言葉を聞いた亀井が、

「警部、何が、おかしいんですか？　全ての部屋が、高価な骨董品で飾られていて、われわれ庶民には、想像もできないような、優雅な一人暮らしをしていた。私は、そんな気がしているんですが」

「いや、カメさん、私は、そのことをいっているんじゃないんだ。広島だよ」

「広島？」

「そうだよ。この部屋には、なぜか、広島がないんだよ」

と、十津川が、いった。

「広島ですか？　申し訳ありませんが、私にはよくわからないんですが」

「広島だよ、カメさん。いいかい、被害者の沢田澄江は、広島発ののぞみ一三〇号で、東京に、帰ってきたんだ。その車内で殺されてしまったが、のぞみは博多から東京までというタイプの列車が多くて、広島発というのは、そんなに多くない。日中は一時間に一本ほどだ。それなのに、被害者は、その、数少ない広島発の新幹線に乗って、東京に帰ってきたんだ。切符は、広島から、東京までのグリーンだった」

「ということは、車掌も証言していましたが、誰が考えても、沢田澄江は、広島から、乗ったとしか思えませんね」

「ああ、そうだ。被害者の沢田澄江は、何か用事があって広島に行き、用事を済ませて、広島から新幹線で東京に帰ってきたんだ。今回、広島の土産物を持っていなかったのは、これまで何回か広島に行っているからだと、考えられる。それなら、これまでに買った広島の土産物が、この部屋のどこかにあっても、いいんじゃないか？　私が気になる広島というのは、そのことだよ」

「なるほど。そう考えてみると、警部がおっしゃる通りですね」

と、亀井が、賛同する。

「その、あるべきはずの、広島の土産物が、ここには、何一つないんだよ。それなのに、被害者は殺された時、ボストンバッグだけで、土産物のようなものは、何も持っていなかったと聞いているんだ」

「そうですね。そういうものは何も、持っていませんでした」

「沢田澄江は、わざわざ、広島から、本数の少ない、新幹線に乗った。それは、広島に行っていたということだ。広島で、目撃者は見つからなかったが、それは間違いないだろう」

と、十津川が、いった。

「私も、そう思います」

「それなのに、沢田澄江は、広島土産のようなものは、何も持っていなかったし、この部屋にも何一つ、広島に関係するものが見当たらないじゃないか。広島は人口が百二十万人の、中国地方では、第一の大きな都市だ。普通なら、ここには、いくらでも広島を代表する土産物があってもいい。例えば、広島カープのボールでも、バットでもいいじゃないか」

「それから、広島には厳島神社もありますからね。厳島神社のお守りとかでも構わないですよね？」

「その通りだよ。それに、ほかにも、いろいろなものが、あるはずだ。しかし、何度もいうが、ここには、それらしいものが、何もないんだよ」

「広島は何といっても、世界で初めて原子爆弾を落とされた都市ですからね。原爆反対の本でもいいし、お好み焼きのソースだって、しゃもじでも、いいわけですよね？」

と、日下刑事が、いった。

「そうなんだ。ところが、それらしいものが何一つ、この部屋には、ないんだよ。少しおかしいと思わないか、カメさん？」

と、十津川が、繰り返した。

「広島から帰ってきたというのに、死体となって発見された時、沢田澄江は、広島土産を何も持っていませんでした。それは、今回は、用事だけを済ませたからだとしますす。犯人が、広島土産を持ち去ったとは、考えにくいですから。しかし、何度か広島を訪れていたとすると、警部がいわれるように、この部屋に、広島名物のようなものが何も、置いてないのは、おかしいといえば、おかしいですね」

と、亀井もいった。

「被害者は、どこの生まれだ？」

十津川が、そばにいた刑事たちに、きいた。

先ほど、沢田澄江が、本名とは違う芸名を使い、かつて女優だったことがわかっていた。

寝室の写真を見て、思い出したベテランの刑事がいたのだ。広島県警の捜査一課長の「女優さんみたいだ」の一言が、ヒントになった。

日下刑事が、スマホを取り出して検索していたが、

「調べてみましたが、生まれは島根県とありますね。しかし、出生地に関しては、それ以上の細かいことは何も書いてありません」

と、いった。

「ほかには、どんな経歴なんだ？」

と、亀井が、きいた。

「大学四年生の時にスカウトされて映画に初出演。その映画で、新人賞を貰っています。その後、全部で、五本の映画に出演しましたが、四十歳の時に、突然、引退しています。約二十年の女優生活で、五本の映画ですから、少ないですね」

と、日下が、説明する。

「なぜ、突然、引退したんだ？　結婚でもしたのか？」

「引退の理由は書かれていないので、わかりませんが、結婚による引退ということでは、なかったみたいですね。理由も、明らかにせず、突然、女優を辞めてしまったので、その後、何度か映画に出ないかという話も、あったようですが、一度も出演せず、今日に至る、とあります。ただ引退後に、結婚はしたようだと、書かれてはいます」

と、日下が、いった。

「結婚はしていたのか。それにしても、ただ単に島根県というだけでは、あまり参考にならないな。島根県の、どこで、生まれたんだ？　詳しいことは何もわからないのか？」

と、十津川が、いった。

日下と同じように、スマホを見ていた三田村刑事が、

「警部、ここには、生まれは、津和野《つわの》だと出ています」

と、いった。

十津川は、笑って、

「津和野なら、いいところの、生まれじゃないか」

と、いい、続けて、

「沢田澄江が、故郷の津和野に帰っていたとすると、広島発の新幹線に乗って、東京に帰ってくるのは、いかにも不自然だな」

「不自然というのは、どういうところがですか？」

と、三田村が、十津川に、きいた。

「いいか、津和野から東京に帰ってこようとする時、普通は、山口線で新山口に出て、そこから、山陽新幹線に乗り換えるだろう。それなのに、そうしていない。どうして、沢田澄江は、広島発の新幹線のぞみに、乗ったのだろう？　どう考えても、不自然だよ」

と、十津川が、いった。

「確かに、沢田澄江の行動は、不自然だし、おかしいですね。それに、津和野ならば、有名な観光地ですから、土産物だって、いろいろなものを、売っていると思います。それなのに、広島のものはないし、津和野のものもありませんよ」

と、亀井が、いった。

十津川たちが、さらに、部屋を調べていくと、被害者の沢田澄江は、四十歳で引退するまでに、五本の映画に出演しているのだが、そのＤＶＤが、応接室で見つかった。その部屋には、スクリーンも用意されていたから、被害者は時々、自分が出演した映画のＤＶＤを、スクリーンに映して、観ていたのかも知れない。

沢田澄江は、死亡した時、六十五歳だった。彼女は、大学四年生の時に、初めて、映画に出演し、五本の映画に出た後、四十歳で、突然、引退してしまった。

映画女優として活動していた期間よりも、引退した後のほうが、時間は、長い。

それなのに、都内の一等地、等々力にある、超高層マンションの最上階の部屋に住み、贅沢三昧《ぜいたくざんまい》をして、優雅に暮らしていたことは、容易に想像できる。

しかし、実際に、彼女が何をして収入を得ていたのか、なかなか、わからないのである。

わかったことの一つは、彼女は難聴で、日頃から、補聴器を使うことが多かった、ということだった。彼女は障害者手帳を、持っていたのだが、症状は軽かったのではないかという人もいた。

このため沢田澄江は、謎の多い女性ということになっていた。どうにもつかみどころがないのである。

それでも、部屋を調べた結果、近くのＫ銀行等々力支店に、生前、合計五億円もの預金が、あることがわかった。五億円のうち三億円は定期預金になっていて、残りの二億円が、普通預金に、入っていた。机の引き出しには、封筒に入った五十万円の現金があった。

沢田澄江が、何をしていたのかは、わからないが、金銭的には、かなり優雅な生活を、していたことは、確実だった。

もう一つわかったのは、マンションは、地下三階になっていて、そこが、駐車場になっていた。

沢田澄江も、地下一階に、専用のスペースを持っていて、そこに、自分の車を置いていた。車はベンツのオープンカーである。どうやら、車の運転が好きだったようだ。

CDも、二枚見つかった。被害者は、女優時代に、五本の映画に出演しているのだが、そのうちの二本の映画の中で、主題歌らしきものを、歌っていたことを、十津川は調べていた。

CDそのものは、ほとんど売れなかったが、いい歌だったことは、十津川も、なんとなく覚えていた。

部屋で見つかった、二枚のCDとも、作詞をしたのは、映画のメガホンを取った監督だった。

超高層マンションの一階には、エントランスの受付があり、ユニフォーム姿の女性が、応対していた。先日、三田村たちが、話しを聞いた管理人とは、違う人物である。

十津川は、彼女に、沢田澄江のことを聞いてみた。

二十代後半と思える女性だが、彼女は、沢田澄江が、かつて、映画女優として、何本かの映画に出ていたことは、知っていた。

「いつでしたか、ご本人に、それとなく、聞いてみたことがあったんですよ。以前、母とＤＶＤを観たことがあったので。それで、昔は、女優さんだったと知っていました。今年六十五歳だといわれましたが、とてもその年齢とは、思えない。若々しくて、きれいな方でした。女優さん時代のことを、いろいろと、お聞きしたかったんですが、ご本人は、昔話をするのはあまり乗り気ではいらっしゃらないようで、他の人にも、そのことは、話していません」

と、彼女が、いう。

「あなたが見て、沢田澄江さんは、どんな生活を、送っていたんでしょうか？　一日中、部屋に、引きこもっていて、ほとんど、外出しなかったのか、それとも、毎日のように、どこかに行っていたのか、そのどちらでしたか？　私たちは、何よりも、映画界を引退した後、沢田澄江さんが、いったい何を、していたのか、それを、知りたいんですが、何か、ご存じありませんか？」

十津川が、きく。

「沢田さんが、お仕事をしていたのか、それとも、何もしていなかったのか、私にはわかりません。ただ、週に一回は、どこかに、お出かけになっていました」

「それは、毎週、必ず決まった曜日でしたか？　それとも、週によってバラバラでしたか？」

と、亀井が、きいた。

「そうですね、出かける曜日が、きちんと、決まっていたというわけでは、ないようでしたけど、二日とか三日お泊りになることも、多いようでした」

「沢田澄江さんは、どこに、行っていたんですかね？　同じところに、行っていたんでしょうか？」

十津川が、きいた。

「それもわかりません。お出かけの時は、ご自分の車だったり、電車だったり。わかっているのは、それだけです」

と、彼女が、いった。

「出かける時ですが、沢田さんは、嬉しそうな、顔をしていましたか？　それとも、いやいや出かけていくといった、そんな感じでしたか？」

と、亀井が、きいた。

「私が拝見したところでは、沢田さんは、楽しそうな顔で、ニコニコしながら、お出かけに、なっていらっしゃいましたよ。私たち受付の間では、沢田さんは、ひょっとして恋人に会いに行くのかも知れないと、そんな噂話も、出ていたほどなんです。六十五歳とはいっても、沢田さんは、若々しくて、今でも十分にお美しいので、恋人がいても、不思議ではありませんから」

「それでは、特定の男性が、沢田さんを、訪ねてきたことはありましたか？」

と、十津川が、きいた。

「申し訳ありませんが、それも、わかりません。お部屋の番号が、わかっていれば、受付を通さなくても、エレベーターで、直接、お部屋に上がっていけますから」

## 2

区の施設を借りて、沢田澄江の、告別式が行われた。喪主は、彼女が出演した映画の監督だった。

沢田澄江が、女優を辞め、第一線を退いてから、すでに、二十五年もの月日が経っているし、当時の映画関係者だけに知らせて行われたので、参列者も、ごくわずかしかいない、寂しい告別式だった。

十津川は、部下の刑事たちに、黒い背広を着せて、参列させた。ひょっとすると、沢田澄江を殺した犯人が、顔を出すかも知れないと思ったからだった。

沢田澄江と共演した女優、あるいは、男優から、いくつかの花が、贈られていた。

五本の映画は、四人の監督が作っていたが、そのうちの三人の監督は、すでに、亡くなっていた。喪主を務めた監督にしても、すでに七十歳を、すぎていた。

その喪主の監督が、最後まで、式場にいた。

## 3

十津川は、亀井と、沢田澄江が生まれた場所、津和野に、行ってみることにした。何か、捜査の参考になることが、わかるかも知れないと思ったのである。

まだ、例の私立探偵と、連絡は取れていない。

津和野に着くと、二人はまず町役場に行った。そこで、戸籍係に頼んで、沢田澄江の、戸籍を調べてもらう。

しかし、戸籍係の男は、困ったような表情を浮かべ、動こうとしなかった。

十津川は、戸籍係の、態度や受け答えから、自分たちが、あまり、歓迎されていないことを感じた。

それは、十津川たちを、敬遠しているというのではなくて、死んだ、沢田澄江のことを、聞かれるのが、面白くないという、そんな感じの、態度だった。

十津川は、沢田澄江が、本当に、津和野で、生まれたのかどうかを聞いてみた。

すると、戸籍係は、

「何しろ、今から、六十年以上も前の、私が生まれる前のことですから、上司や先輩から聞いた話ですが、それでも、構いませんか？」

と、きく。

「もちろん構いませんよ。話してください」

十津川が、促した。

「これは、沢田澄江さんが、大学四年生の時にスカウトされて、初めて、映画に出演した、その時の話らしいのですが、映画会社では、その映画を、きっかけにして、沢田澄江さんを新しい時代の、女優として、大々的に、売り出そうと考えたらしいのです。彼女が生まれたところが誰も知らないような田舎の村では、話題にならないので、観光地として、当時すでに、有名だった津和野にしようということになったといいます。

沢田澄江さんの、デビュー作を作った映画会社の、重役さんの意向だったみたいですね。それで、その重役さんが、昔住んでいた津和野を、新人映画女優、沢田澄江さんの、生まれた場所と、いうことにしたらしいのです」

「というと、沢田澄江さんは、津和野の生まれでは、ないということですか?」

と、十津川が、きいた。

「ええ、津和野の出身では、ありません」

「沢田澄江さんを、無理やり、津和野の出身だということにしたのですね?」

「そういうことになりますね。映画会社は、沢田澄江さんは、津和野の、生まれだということで、ずっと、宣伝していましたからね。いつの間にか、それが、事実として定着してしまったんですよ。津和野の人間としては、あまり、面白くなかったようですが、何しろ、上からの、要請でもありましたから、沢田澄江さんは、津和野の出身だと、いい続けてきました。それで、ずっと、沢田澄江さんは、津和野の出身ということに、なっています。本当は違うのですが、今さら、訂正しても、しようがありませんしね」

と、戸籍係が、笑った。

「事情は、よくわかりました。が、沢田澄江さんは、正しくは、どこの生まれなんですか？」

と、亀井が、きいた。

「日原《にちはら》です」

「日原？　聞いたことがないので、よくわかりませんが、この津和野の近くですか？」

と、十津川が、きいた。

「そうです。津和野と同じ、山口線にある駅ですが、津和野から北へ向かって二つ先に、日にちの日に、原っぱの原と書く、日原という小さな駅があります。沢田澄江さんは、その駅の近くで、生まれたと、聞いています。日原といっても、地元の人以外は、ほとんど、知らないでしょうね。日原の生まれだといったのでは、マスコミも、大きく扱ってくれないだろうと、映画会社が、思ったのではありませんかね？　そこで、日原から、二つ手前の、観光地として、全国的に有名な津和野で生まれたことにしたと、私は、そんなふうに聞いています。もっとも、その日原は今では、合併して、津和野町ですけど」

戸籍係の職員がいった。

十津川は、山口線の時刻表を見て、日原という駅を確認した。

「沢田澄江さんの、ご両親とか家族はご健在ですか？」

「いえ、ご両親は、大分前に亡くなっています。他に夫がいたようですが、こちらもすでに亡くなっています」

十津川が、なおも戸籍係と話しを続けると、この日原駅と、岩国《いわくに》駅の間に、「岩日《がんにち》北線《きたせん》」の建設が、予定されていたのだが、それが、凍結されてしまったことも、わかった。計画は、途中で、中止になったのである。

もし、当初の計画通りに、「岩日北線」が完成していたら、沢田澄江や映画会社は、津和野にも近く、岩国からもアクセスできる、日原の生まれだと、公表していたかも知れない。

時刻表で、調べてみると、今も、岩国から途中の錦町《にしきちょう》まで、錦川清流線《にしきがわせいりゅうせん》という第三セクターの列車が、走っているのがわかった。

地元の人は、今でも、何とかして錦町から先にレールを敷き、山口線の日原とつながることを願っているという。

その話を聞いて、十津川と亀井は、急遽《きゅうきょ》、山口線を使って、新山口まで出ると、岩国まで、戻ることにした。

確かに、岩国から錦町まで、錦川清流線という列車が走っている。錦川というのは、岩国名物の錦帯橋《きんたいきょう》がまたいでいる川である。その錦川沿いに走っている第三セクターの列車が、錦川清流線なのだ。

ほかの地方の、第三セクターと同じように、錦川清流線も、経営には、何かと苦労しているらしく、さまざまな工夫を凝らして、乗客を増やそうとしていた。

例えば、錦川清流線は、大体が一両編成の列車なのだが、錦川の清流にちなんで、ブルーの車体で走るのは、「せせらぎ号」、イエローの車体は「きらめき号」、グリーンの車体は「こもれび号」、ピンクの車体は「ひだまり号」である。

しかし、これほど苦労して命名しても列車の本数はごくわずかで、一時間に一本どころか、二時間に一本、あるいは三時間に一本という時間帯もある。

朝と夕方は通勤、通学の乗客がいるので、一時間から一時間三十分に一本の列車が、走っているが、その時間帯がすぎて昼近くになると、三時間も列車が来ないこともある。典型的な地方鉄道である。

それでもこの第三セクターを利用する人たちは、今でも、錦町の先から山口線の日原まで、何とかして、レールを敷いて、岩日北線を走らせたいと、願っているのである。

「終点の錦町まで行けば、その気持ちが、よくわかりますよ」

岩国で地元の人にいわれて、十津川と亀井は、一両編成の錦川清流線に乗って、終点の錦町まで行ってみることにした。

## 4

錦川清流線は、岩国駅の、0番線ホームから発車する。

二人が乗った列車は、11時09分の発車である。この列車に乗り遅れてしまうと、十二時台も十三時台も、列車は、一本も走っていないので、何時間も待つことになる。

とにかく、一両編成の列車は、錦川に沿って、走っていく。終点の錦町駅までは一時間の旅である。

錦町駅は二階建てになっていて、三角屋根と白い壁が特徴的である。小さな駅舎だが、なかなか凝った、オシャレな造りである。

その凝った造りに、何とかして、岩国から山口線の日原まで、列車を走らせたいという、沿線の人々の思いが込もっている感じがした。

ここから、日原までレールを敷いて、岩日北線が、通るはずだったのである。

岩日北線の計画が、途中で頓挫してしまった地元の人たちの悔しさというか、願いが叶わなかったこと。そして、列車は、ここまでだが、とにかく、その先まで走らせようという人々の願いを込めて、この錦町から、列車ではない列車が走っているのを、十津川は知った。

錦町から、バスのようなというか、路面電車のような乗り物が、乗客を待っていて、これに乗れば、錦町から先に向かって造られている高架のコンクリートの道路を通って、この先にある雙津峡《そうづきょう》温泉まで行くことが出来る。

もともとこのコンクリートの道路の上に、レールを敷いて、日原まで、岩日北線を走らせようとしていたのだろう。

その計画が、凍結されてしまい、現在、コンクリートの道路の上には、レールは、敷かれていない。列車が走る代わりに、そこには、動力車と客車二両の小さな車両が走っているのである。

その名称は「とことこトレイン」という。定員は五十五名である。どこか遊園地の乗り物の感じがする。錦川清流線では、このとことこトレインを一日三便、往復で六便走らせていた。

そのバスとも路面電車ともつかないとことこトレインに乗ると、雙津峡温泉まで運んでくれるのだが、駅には、勇ましい言葉が掲げられている。

「とことこトレインに乗って、未完の鉄路を探検しよう。所要時間は片道四十分」という文章である。

この乗り物の走る一帯は、その名も「岩日北線記念公園」である。

運賃は片道六百五十円、往復では千二百円である。

人々は、岩国から、錦川清流線に乗って、この錦町駅まで来ると、全員が揃ってとことこトレインに乗って、レールの敷かれていないコンクリートの道路を、悔しがりながら走っていくことになる。

十津川は、この周辺に、住んでいる人たちの気持ちが、痛いほどわかった気がした。

十津川と亀井は、その雰囲気とは別に、刑事の眼でこれまでのことを見直していた。

殺された沢田澄江は、果たして、ここまでやって来たのだろうか?

もし、来たとすると、彼女は、何を見に、あるいは、何をしに、わざわざ、ここまで来たのだろうか?

たぶん、沢田澄江を、殺した犯人も、彼女のあとを追って、ここに、やって来たのだろう。

そう考えると、彼女が、新幹線に新山口ではなく広島から乗った理由もわかってくる。

この、錦川清流線の終点は、岩国である。山陽新幹線ののぞみは、新岩国には停まらない。

そこで、被害者の沢田澄江は、岩国から、広島まで、車に乗ったか、あるいは列車に乗ったかして、そこからのぞみ一三〇号を使って、東京に、帰ろうとしたに違いない。

従って、被害者は、のぞみ一三〇号に乗るためにだけ、広島駅に行ったのであり、広島を見るために行ったのではなかったと、十津川は、考えた。

だから、いつも広島を象徴するようなものは何も買わなかったし、何も持っていなかったのだろう。

十津川は亀井と二人、岩国に戻った。二人とも、岩国に来たのは、初めてである。

そこで、ゆっくりと、岩国の町を見て回ることにした。被害者、沢田澄江は、日原の生まれだということは、わかった。だから、途中までしか走っていない岩日北線に、関心があったことは、十分に考えられた。

二人は、岩国の象徴といわれる錦帯橋を見に行った。

さすがに、観光客が多く、橋の途中に立ち止まって、写真を撮っている。

「しかし、沢田澄江のマンションには、岩国のグッズも、ありませんでしたよ」

と、歩きながら、亀井は、いった。

十津川は、岩国グッズを見つけると、ためらわずに、買っていく。

「どうして、岩国グッズを買われるんですか？」

と、亀井が、きいた。

「沢田澄江の立場になって、考えてみているんだ。彼女は、女優時代、日原出身であることを、隠していた。だが、人間は、故郷を忘れることは難しい。彼女も、同じだと思う。と、すれば、岩国や、日原にゆかりのものを、買っていたことも考えられるじゃないか」

「しかし、マンションには、ありませんでしたよ」

「沢田澄江は、殺人事件の被害者だ。まだ部屋を、隅から隅まで探すようなことは、していない。もっとよく、調べてみよう。面白い物が、見つかるかも知れない」

「わかりました。面白い物といえば、錦町にもありましたよ。とことこトレインのおもちゃです」

「ああ、あのおもちゃなら、東京に送って貰うように頼んでおいたよ。カメさんの息子さんは、鉄道マニアだから、プレゼントだよ」

と、十津川が、いった。

「ありがとうございます」

「岩国グッズといったら、やはり、錦帯橋かね」

「そうでしょうね。ほかには、錦川で、鵜飼いの屋形船が出るそうです。ああ、面白いものとしては、シロヘビがいます。岩国では、シロヘビは、弁天様のお使いで、金運と幸運を招くといわれているようで、当然、グッズも売っていると思います」

亀井は、手帳にメモしておいたものを読んだ。

「『岩国シロヘビの館』というのがあるそうです」

「沢田澄江は、意外にヘビ好きかも知れないな」

「ほかに岩国では、剣豪佐々木小次郎像がありますね。錦帯橋を渡って、右に行けばあるそうです」

「その佐々木小次郎像を見に行こう。沢田澄江は、時代映画にも出ているんだ。確か、宮本武蔵の映画だから、佐々木小次郎も出てきた筈だ」

と、十津川は、いった。

錦帯橋を渡り終えて、まっすぐ行くと、吉川広嘉《きっかわひろよし》公銅像にぶつかる。江戸時代前期、ここは、吉川家の領土だったのだ。

そこを右に折れて進むと、佐々木小次郎像と対面した。佐々木小次郎を象徴する長刀を八双《はっそう》に構えた像である。剣豪としては、宮本武蔵の方が有名だが、こちらの方が若い美男子で恰好がいい。

十津川は、念のために、佐々木小次郎の人形も買って、東京へ帰ることにした。

捜査本部に戻って、最初にやったことは、沢田澄江が出演した五本の映画について、その内容を、調べることだった。

日本映画協会に行き、問い合わせると、やはり、三本目の出演が、時代劇だった。宮本武蔵の映画だったと、覚えていたのだが、少し違っていた。

宮本武蔵が主人公だが、視点は、佐々木小次郎だった。従って、佐々木小次郎から見た宮本武蔵になっていた。

面白いのだが、当たらなかったと、協会の担当者は、いった。

「やはり、吉川英治《よしかわえいじ》の影響でしょうね。宮本武蔵には、本当に、お通という恋人がいたと信じている人が多いが、あれは、吉川英治の創作です。宮本武蔵が、孤高の剣豪、一度も負けたことのない不敗の王者になってしまった後は、武蔵の敵は、全て、傲慢な男たちで、最初から、亡びる運命だったことになってしまうのです」

「この時のストーリイも、同じですか？」

「あくまでも、主役は宮本武蔵で、佐々木小次郎は、仇役《かたき》です」

「沢田澄江は、どんな役だったんですか？」

「確か三作目で、人気があったので、武蔵の恋人役に決まっていたんですが、なぜか、佐々木小次郎の恋人を強く希望して、その役に替わっています。武蔵の恋人の方が、出番も多いし、最後に、武蔵と結ばれるわけですから、人気の出る役なんです。佐々木小次郎は、色男ですが、女にだらしのない男で、最後に、武蔵に敗れるわけで、その女ですから、普通なら、いやがる役ですがね」

「なぜ、沢田澄江は、佐々木小次郎の女の役を、希望したんですか？」

「わかりません。彼女自身、何もいっていませんから」

「この映画の時、何か変わったことはありましたか？」

「かなり前の話ですからね」

と、担当者はいってから、

「そうだ。映画が完成した時、沢田澄江が佐々木小次郎の人形を、監督や関係者に贈っていますね。私も助監督だったので、貰いました」

「物干竿という長刀を八双に構えている人形ですか？」

「そうです」

「沢田澄江が、どうして佐々木小次郎の人形を、贈ったのか、わかりますか？」

と十津川が、きいた。

「彼女が黙っていたので、わかりませんが、沢田澄江という女優は、勝者より敗者の方が好きなのかも知れませんね。一見華やかで、贅沢好きという感じですが、意外に屈折した神経の持ち主かも知れませんね」

「彼女は、五作品に出たあと、突然、芸能界を引退していますが、この件について、何かご存じのことは、ありませんか？」

と、十津川は、きいた。

「その件については、さまざまな憶測がありましてね。沢田澄江本人が何もいわないので、あれこれ噂が、飛びかったんです。実は、彼女の六作目の映画がすでに決まっていて、脚本《ほん》も出来ていた。彼女も、やる気まんまんだったが、本人が、事件を起こしてしまったという噂もありました」

「どんな事件ですか？」

「それが、わからないのですよ」

「どうしてですか？」

「彼女が突然引退してしまったので、誰かが、その事件をもみ消したというのです」

「刑事事件ですか？」

「たぶん、そうでしょうね。民事事件なら、その後、くすぶり続けるんですが、刑事事件では、警察が捜査を止めてしまえば、事件も消えてしまいますから」

と、相手は、いった。

そのあと急に、あわてた感じで、

「あッ。十津川さんも、警察の方でしたね。今の話は、忘れてください」

と、いった。

# 第三章　ホクロの男

## 1

翌日、厳島の派出所の巡査長から、例の私立探偵を名乗った男が、出頭してきたという連絡をもらって、十津川と亀井は、急いで広島に向かった。

十津川にとって、それは意外だった。男が派出所を、訪ねてくることはないだろうと思っていたからである。あの日から、一週間が経っていた。

十津川は派出所で、出頭してきた男に会った。名前は古川修《おさむ》といい、自称四十歳で、現在は、東京で、私立探偵として、働いているという。

派出所の巡査長が、彼から預かっていたプロ用のカメラを返した。

十津川が、

「君はどうして、私たちのことを、撮ったのかね？　その上、撮った写真をあわてて、消去してしまった。君のやっていることは、どうにもわけがわからないんだがね」

「私の仕事を、警察に、邪魔されたくなかったんですよ」

と、古川が、いう。

「どうして、われわれが君の仕事を邪魔すると思うのかね？　第一、君が今、どんな仕事をしているのか、われわれ警察は、一切何も聞いていないぞ。われわれが、君の仕事を、邪魔するもしないも、ないだろう？」

「先日、東京駅に着いた新幹線のぞみの車内で、女性が、死んでいたでしょう？　青酸中毒死で」

と、古川が、いう。

「もちろん知っている。われわれが、あの事件を捜査しているんだ」

「だから、そういう、刑事さんたちなら、私の仕事を、邪魔するに決まっている。忙しいので、邪魔されたくなかったんですよ」

「君がいっていることは、どうにもわからないな。今、君がやっている仕事のことを話してくれないか」

と、亀井が、いった。

「実は、新幹線のぞみの中で死んでいた沢田澄江さんの、応援をしていたんですよ」

「応援？」

「山口県の岩国市に、錦川鉄道という小さな鉄道の路線が、あるんですよ」

「ああ、知っている」

「沢田澄江さんは、その錦川鉄道が、大好きでしてね。錦川鉄道というのは、現在は途中の錦町までしか行っていないんですが、山口線の日原駅まで延びて山口線につながる予定になっていた。沢田澄江さんは、それが、実現することを夢見ていたんです。沢田さんのご主人も、近い将来、錦川鉄道が、延びることを願って、動き回っていたのです。資金が足りないだろうといって、沢田さんご夫妻は、資金集めに奔走《ほんそう》していました。五千万円くらい集まったと、いっていました。ところが、その後、沢田さんのご主人が、突然亡くなってしまいましたが、その後も、沢田澄江さんが、走り回っていたんですよ。私は錦川鉄道の関係者や、沿線の住民に、意見を聞いていたんです」

「しかし、あの錦川鉄道が、途中の錦町までしか行かないことは、すでに、決まってしまったことだろう？　いくら個人が、頑張って運動をしたところで、当初の計画のように山口線とつながるなんてことは、もうないんだろう？　決まってしまったことを、変更させるなどということは、個人の力では、絶対に無理だと思うがね」

「それなら、どうして、沢田澄江さんは、殺されたんですか？　鉄道を計画どおりに、延ばすことを夢見て、必死になって、資金集めをしていた沢田澄江さんの存在が、邪魔になったから、殺されたんだと、私は、見ているんですよ。つまり、錦川鉄道の全線開通が、どこかで、できそうになったんですよ。だから、沢田澄江さんは、殺されてしまったと、私は見ていますから、彼女を殺した犯人を見つけ出して、警察に、突き出してやりますよ」

と、古川が、いった。

「君のいうことはわかる。そういう推理も、成り立つだろう。しかし、おかしいじゃないか」

と、十津川が、いった。

「何がおかしいんですか？」

と、古川が、きいた。

「錦川鉄道が当初の計画どおり、山口線につながることを、被害者は祈っていた。そういったね？」

「そうですよ」

「しかし、それに反対する人間がいるのだろうか？　とにかく計画どおりに、山口線とつながれば、今より何倍も便利になる。そういうことに反対して、殺人まで犯すような人間がいるとは、私には、とても思えないんだがね」

と、十津川が、いった。

「確かに、そのとおりですよ。誰でも刑事さんと同じように、考えるでしょうね。今、地方の鉄道は、どんどん、縮小されたり廃線になったりしています。そんな時に地方鉄道の一つでも新しく生まれたら、それは、嬉しいことですよ。特に、錦川鉄道に関係してきた人間は、みんな、錦川鉄道が山口線につながることを、祈って動いていたんですよ。

しかしですね、それを、面白くないと思っている人間もいただろうし、錦川鉄道は、山口線にはつながらないほうがいいと、思っている人だって、中には、いたと思うんですよ。そういう人の中に、犯人がいて、沢田澄江さんを殺したに、違いないんです。私は、そう、信じています。沢田澄江さんから、調査費用のようなものは、一銭も、もらっていませんよ。それでも、何とかして犯人を捕まえたいんです。ですから、警察は、私の仕事の邪魔をしないでください」

と、古川が、繰り返した。

「われわれも沢田澄江さんの出身地を調べるために、先日、岩国に行き、岩国から、終点の錦町まで錦川鉄道に、乗りました。錦町から出ているトロッコ列車のような乗り物にも乗りましたよ。あの地方の人たちの、鉄道に対する熱意がよくわかりました。しかし、ＪＲや私鉄の関係者に、錦川鉄道を、山口線まで延ばすという考えはありませんよ。だから、なおさら、殺人事件が起きたことが、不思議で仕方がないんです。その点を、古川さんは、どう、思っているんですか？」

亀井が、改めて、きいた。

「私だって、今回の殺人のことが、はっきりわかっているわけでは、ありません。ただ沢田澄江さんのことを、調べていくと、彼女がいかに熱心に、錦川鉄道の延長を願っていたか、わかってくるんですよ。ご主人とともに、資金集めをしてきた。そのご主人は、十年ほど前に亡くなってしまった。詳しく調べてみるとご主人は、五千万円を集めたのですが、奪われてしまったのです。それが、ショックで、生きる気力をなくして、病死してしまいました。一人になっても、奔走している沢田澄江さんの熱心さも知っていたのに、彼女まで殺されてしまったんですよ。こうなれば、あのご夫婦を、尊敬していた私としては、絶対に、犯人を捕まえてやりたいんですよ」

「あなたのいいたいことは、よく、わかりました。それなら、どうですか、この辺で、仲直りしませんか？」

「仲直り？」

「そうです。われわれだって、何とかして、殺された沢田澄江さんの恨みを、晴らしてあげたいと、思っています。一日も早く、犯人を、捕まえたい。あなたと目的は、同じじゃないですか。いがみ合っていても仕方がありません。お互いに、ギブアンドテイクで、捜査をしていったら、犯人も、早く見つかると思いますよ」

と、十津川が、いった。

古川は、

「そうですね」

と、いったが、すぐには、ＯＫをしない。

「ダメですか？　警察に、協力はできませんか？」

「何しろ、今まで警察とはうまくいっていませんでしたからね。私は、日本の私立探偵です。アメリカの私立探偵は認可制で、犯人を逮捕することもできれば、拳銃を持つことも許されています。しかし、日本の私立探偵は、認可制ではないし、何の権限も、持っていません。もちろん、武器の携行は許されません。警察に対して文句もいえないんですよ。文句をいったら、捜査妨害、あるいは、公務執行妨害ということで、その場で、逮捕されてしまいますからね。それなら、自分一人で、コツコツと調べたほうがいいと思ってしまうのですよ」

と、古川が、いう。

「わかりました。それでは、取りあえず、今日のところは、お互いに、捜査の邪魔をしないということを、約束しておくことにしましょう。われわれ警察は、あなたよりも少し遅れて、今回の事件の捜査に、入りました。殺された沢田澄江さんの捜査にしても、一歩遅れています。あなたの邪魔をしないという約束は、必ず守ります。そちらも、われわれの捜査を、邪魔しないでください。いいですね、約束しましたよ」

笑いながら、十津川が、いった。

古川と別れると、

「変わったヤツですね」

と、亀井が、いった。

「どこが？」

「どこがって、私立探偵のほうから、捜査の邪魔をするなといわれたのは、今日が、初めてですよ。いつもは、こっちが、そのセリフをいっていますからね」

と、亀井が、笑った。

「あの私立探偵は、それだけ気負っているんだと思うよ。新幹線の車内で殺された、沢田澄江のことを尊敬していたんだろう。われわれも、彼と約束したんだから、邪魔はしないようにして、捜査を進めていくことにしよう」

と、十津川が、いった。

翌日、十津川たちは、錦川鉄道本社のある岩国市錦町に行った。錦川鉄道の本社で、社長に会って、錦川鉄道について、いろいろと話を聞くことにした。

まず十津川が、社長に向かって、

「今後、錦川鉄道が、計画どおり、山口線につながることが、あるでしょうか？」

と、きいた。

社長は、目をしばたたいて、

「今のところは、全くありません。そのための予算が、取れないのですよ。これから先もおそらく、無理でしょうね」

「しかし、列車が途中の錦町までしか行かないとなると、これから先、乗客の数が増えるようなことは、考えられないんじゃありませんか？」

「ええ、そうです。われわれとしては一刻も早く、線路を延ばして、山口線とつながるようにしたいんですけどね。資金不足で、将来も、山口線とつながる可能性はゼロといってもいいでしょう」

「新幹線の中で亡くなっていた、沢田澄江さんのことは、ご存じですか？」

と、亀井が、きいた。

「もちろん、よく、知っていますよ。沢田澄江さんとご主人は、錦川鉄道を何とかして山口線に結びつけようと努力され、資金を集めたりしてくださっていましたが、ご主人は、途中で亡くなられました。しかし、その後も、澄江さんは、同じように動き回ってくださっていたんですよ。それが、新幹線の中で、殺されてしまい、残念でなりません。お二人が、頑張っていてくださったので、錦川鉄道を何とか山口線と、結びつけようという人も、少しずつでしたが、増えてきていたんですよ。これでこの運動もポシャってしまうでしょうね」

残念だという表情で、社長が、いった。

「沢田澄江さんは、社長さんから見て、どういう女性だったんでしょうか？　われわれも、女優をしていたとか、彼女に関する簡単な知識は、持っているのですが、詳しいことがわからなくて」

と、十津川が、いった。

社長は棚から、沢田澄江の写真が入った小さな写真立てを、持ってきて、二人の刑事の前に置いた。

「沢田澄江さんご夫妻は、この錦川鉄道が好きで、当初の計画どおりに、山口線の日原でつながることを期待して、一生懸命に、運動をされていたんです。資金集めも、されていましたね。沢田夫妻は、岩国の市内で、かなり大きな、ステーキハウスを経営されていたんですが、そのステーキハウスの利益の多くを、錦川鉄道の全線開通のために、注ぎ込まれていました。お二人とも、日原に生まれて、若い時から最期まで、錦川鉄道の再建に、奔走されて、おられたんです。こんな素晴らしい人たちが、どうして早く死んでしまったのか、奥さんを、どこの誰が、殺したのか。そのことが、悲しいし、腹が立って仕方がないんですよ。今の私に、できることといったら、せいぜい、社長室に、沢田さんご夫妻の写真を飾ることぐらいですからね」

と、社長が、いった。

社長は、二人の刑事を、沢田夫妻がやっていたという、岩国市中心部にあるステーキハウスに、案内した。

五階建ての立派なビルである。その一階に「ステーキハウス　サワダ」という夫妻の店があったというが、今は、別人の店になってしまっていた。

「このステーキハウスまで、沢田澄江さんは売ってしまったんですね」

「そうなんですよ。何とかして、資金を作ろうとして、最後に沢田澄江さんは、この、ステーキハウスまで、手放してしまったのです」

「どれくらいの金額が、貯まったんですか？」

と、十津川が、きいた。

「五千万円を貯めたと、聞いていました。ところが、そのお金を、そっくり盗まれてしまったんですよ。それがショックで、ご主人は、次第に、体調がおかしくなって、結局、心不全で、亡くなってしまったのですが、明らかに、お金を、盗まれたことが、引き金になっています」

探偵の古川も、昨日、同じ事をいっていた。

「その後も、奥さんの澄江さんは、活動を続けていたわけですね？」

「はい。そうです。今度は、奥さんの沢田澄江さんが、店を売って、そのお金を、錦川鉄道の全線開通のために、使おうと、銀行に預けておいたと、私は聞いています」

と、社長が、いった。

「ステーキハウスを売って作った金額は、いくらですか？」

と、亀井が、きいた。

「この辺りの相場だと、二億円ぐらいでしょうか。正確な金額はわかりません」

「五千万円を奪った犯人は、わかっているんですか？」

「以前、沢田さんご夫妻が、経営していたステーキハウスで働いていた人間だと、言っていました。沢田さんご夫妻が、錦川鉄道の開通のために、資金集めを始めた時には、お店の近くのN銀行に、口座を作っていらっしゃいましたからね。その口座の預金通帳を、預かっていた男が、ようやく貯まった、五千万円を下ろして、逃げたのだと、沢田澄江さんは、話してくれました」

「社長は、その男のことを、ご存じなんですか？」

と、十津川が、きいた。

「ええ、知っています」

「どういう人間ですか？」

「名前は柴田貢《みつぐ》といいます。五千万円を持ち逃げした時は、たしか五十歳ぐらいでしたから、現在は、六十歳近くになっていると思います。沢田夫妻から信頼されていて、ステーキハウスの仕入れや、預金の管理などを全て、任されていたのですが、人間というのは、わかりませんね。そんな人間が、五千万円を、盗んでいなくなってしまうんですから。あ、あと、柴田と一緒に、姿を消した女性がいたんです」

「どういう女性ですか？」

「柴田貢と一緒に、経理全般を任されていた加藤八重子《やえこ》という女性です。柴田より五歳くらい下だったと思います。愛想がよくて、仕事熱心で、彼女のことを、悪くいう人なんて、一人もいなかったんですよ。それで、沢田さん夫妻も加藤八重子のことを、すっかり信用して、店の経理を全て、彼女に、任せていたんです。そうしたら、柴田貢と一緒に、ある日突然、五千万円を持って、ドロンしたんです。おそらく彼女にとって、錦川鉄道の開通なんて、どうでもよかったんじゃありませんかね」

「そうすると、現在六十歳くらいの柴田貢と、五十五歳くらいの加藤八重子、この二人が今度の殺人事件にも、かかわっていると？」

「何しろ、私は、部外者ですからね。自信はないんです。この二人ですが、澄江さんが言うには、東京に逃げて、今でも東京で暮らしているみたいです。何とか二人を見つけ出して、問い詰めてやりたいと思っているんです」

「なるほど。それにしても、錦川鉄道の開通に、反対している人というのは、本当にいるんですか？　そんな人は、いないような気がするんですが」

と、十津川が、いった。

「そうでしょうね。途中までしか行っていない路線が、山口線につながることになれば、ずいぶん便利になりますからね。普通は反対しないと思われがちですが、どこかで、錦川鉄道に、利害関係を持つ人がいるかも知れませんね」

と、社長が、いった。

「例えば、社長や、沢田夫妻の周りに、そういう人は、いますか？」

と、亀井が、きくと、社長は、一瞬考えてから、

「いえ、思い当たる人物は、いません」

と、いった。

「柴田と加藤の顔が、わかるような写真は、ありませんか？」

と、十津川が、きいた。

「さすがに、ありません」

と、社長が、残念そうにいった。

## 2

東京に戻ると、十津川は亀井と、鉄道専門雑誌の編集者に、会いに行き、錦川鉄道のことや、亡くなった沢田夫妻のことなどを話してみた。

三浦という編集者は、

「世の中には、そういう人が、結構いるんですよ。何よりも、鉄道が好きで、好きで

たまらない。子供の時に乗っていて、今は廃線になってしまった鉄道や、本数が少なくなってしまっている鉄道が今でも大好きだという、そういう人が、いるんですよ。沢田さんご夫妻のことは、前から、いろいろと聞いていますよ。鉄道の世界では、有名なご夫妻でしたからね。錦川鉄道の後援者というか、熱烈なファンでしたね。私も、お二人には、生前に、何回かお会いしたことがありますが、心の底から、鉄道を愛していて、中でも、錦川鉄道が大好きという、そういう純粋な心を持ったご夫妻でした。だからこそ、繁盛していたステーキハウスを売ってまで、錦川鉄道のために、何とかしようとしていたんでしょうね」

と、いった。

沢田夫妻は、「鉄道業界」では、有名人だったようだ。

「ご主人のほうは、今から、十年近く前に亡くなっていますが、信頼して経理を任せていた男女の従業員が、ご主人を裏切って、五千万円を持って逃げてしまい、その時のショックがもとで、病死されたようです。その後、奥さんの澄江さんが、ステーキハウスを売って資金を作ると、それを銀行の口座に預け、もっと貯めて、錦川鉄道の開通に使いたいと、おっしゃっていたそうです」

亀井が、説明した。

「沢田澄江さんの、その気持ちは、よくわかりますよ。奥さんも、本当に、純粋で、心の底から、鉄道が好きな人なんです。そんな人を、誰が、どうして、殺してしまったんですかね。犯人の気持ちが、全くわかりません」

と、三浦が、いった。

「錦川鉄道の本社に行って、社長に話を聞いたら、社長も、沢田澄江さんが、殺されたことに憤慨していましてね。澄江さんのために、何としてでも、犯人を見つけたいと、いっていました。社長の話では、かつて、五千万円を持ち逃げした犯人と思われる二人の人物がいて、柴田貢、六十歳と加藤八重子、五十五歳の二人だというのです」

十津川は、いった。

三浦は、

「警察は、その二人が、殺人の犯人だと思っているんですか？」

と、きいた。

「いや、現段階では、そこまでは。行方を探すのも難しいでしょうし」

「この二人は今、東京に、住んでいるんですか？」

「沢田澄江さんが、そう言っていたようですが、確証はありません。何かわかったら、どんな、小さなことでも結構ですから、われわれに、知らせてください」

と、十津川が、いった。

3

十津川が捜査本部に、戻ると、三田村刑事と北条早苗刑事が待っていて、

「東京駅のJR東海から、警部宛てに連絡がありました」

「JR東海が私に？　いったい、何をいってきたんだ？」

「新幹線の中で、死んでいた沢田澄江さんの件ですが、途中まで、沢田さんの隣りの席に座っていた男のことで、車掌の新たな証言があったそうです」

と、北条早苗が、いった。

「思い出してくれたのか。どんな証言だ？」

「その男は、新大阪辺りまで、隣りにいた沢田澄江さんに、しきりに、話しかけていたそうです。その後、名古屋を過ぎた頃には、沢田さんは眠っていて、隣席の男も眠っていたようだ。車掌は、そういうのです。たぶん、その時は、すでに、沢田さんは、隣席の男に、青酸カリを摂取させられて死んでいた可能性もあります」

「隣席の男は、新大阪駅辺りまで、しきりに、沢田さんに、話しかけていたというんだね？」

「車掌は、そういっています」

「だとすると男は、ただ単に、沢田澄江さんを殺すために、一緒に、乗ってきたのではないんだ。おそらく、彼女から、何かを聞き出そうとしていたんだろう。何かを聞き出したから、殺してしまったのか、聞き出すのが無理だとわかったから、口封じのために殺してしまったのか、そのどちらかだった可能性がある」

と、十津川が、いった。

その直後に、私立探偵の古川から、電話がかかってきた。

相手が、

「私立探偵の古川です」

というので、十津川が、

「お互いに、邪魔をしないという約束だったんじゃありませんか？」

と、皮肉を込めていうと、古川は、

「実は今、新たな、問題が起きているんですよ」

と、いう。

「どんな問題ですか？」

「沢田澄江さんが、K銀行の口座に、二億円を預けていた。そのことは知っていますか？」

「知っていますよ」

「その二億円が、突然、引き出されていたんです」

「しかし、すでに沢田澄江さん本人は死んでいるんだから、そんなことは、不可能でしょう？」

「そうなんですよ。ですから、死んだ翌日、口座が凍結される前に、沢田澄江さんではない誰かが、その預金の口座から、沢田澄江さん自身の暗証番号を使って、別の口座に移して、引き出してしまったんです。口座に、残っていたのは、五百万円だけです」

と、古川が、いった。

「いったい誰が、沢田澄江さんの口座から、二億円を移し、引き出したのか、わかっているのですか？」

「いや、わからないから、こうやって、十津川さんに連絡しているんですよ。二億円の預金があった沢田さんの口座は、K銀行の等々力支店です。それで、十津川さんに調べていただきたいんです」

「預金が移されたのは、どこの、銀行ですか？」

「同じK銀行の、世田谷支店にある、浅沼一郎という名義の口座に、二億円が移されたんです。K銀行で調べてもらうと、その浅沼一郎の口座から、すでに二億円、正確にいえば、一億九千五百万円が引き出されているそうです」

と、古川が、いった。

「そうですか。それを、やったのは、おそらく、あの男でしょうね。間違いないと思いますよ」

と、十津川が、いった。

「あの男って誰ですか？」

「沢田澄江さんはのぞみ一三〇号の車内で、殺されてしまいました。そののぞみの中で、沢田澄江さんの隣りの席に、腰を下ろしていた男が、いるんです。車掌の証言によると、新大阪辺りまでしきりに、隣りに座っていた沢田澄江さんに、話しかけていたというんです。その時に、沢田澄江さんの、預金の口座番号など必要な情報を、聞き出したんじゃないかと、思うのです。その後に、沢田澄江さんは、その男に、青酸カリを摂取させられて死んだと思われますから、その男が、今もいったように、預金の口座番号を聞き取って、暗証番号などを使って、二億円を引き出したのでしょう」

「ひどいな。それは、あまりにもひどすぎますよ」

と、電話の向こうで、古川が、大きな声を出した。

「それでは、これからK銀行の世田谷支店に行って、浅沼一郎という人物について、聞いてみます。何かわかったら知らせますよ。お互いに、邪魔は、したくありませんがね」

十津川は、すぐ亀井刑事を促して、K銀行世田谷支店に、向かった。

4

経堂《きょうどう》にあるK銀行世田谷支店に着くと、支店長は、十津川たちが、やって来るのを予期していたような顔で、二人の刑事を迎えた。

支店長室で会って、十津川が、改めてきくと、

「ああいう冷静な行動を取られてしまいますと、私たち銀行側では、どうすることも、できません。何しろ、口座番号と、暗証番号を知っていましたし、名義人の名前も知っていました。それに、口座の残高の金額も、合っていました。そうした犯人に対し

ても、われわれ銀行は、ルールに従って対応するだけですからね。ただ正確には、世田谷支店の口座から盗まれたのではなくて、世田谷支店の口座を使って、浅沼一郎という人物が、等々力支店の沢田澄江さんの口座から、二億円を移してしまったということです」

と、支店長が、いった。

「その二億円は、すでに引き出されてしまっているそうですね？」

十津川が、きいた。

「そのとおりです。ちゃんと手続きが取られていれば、これも、われわれには、防ぐことはできません」

「どんな男が、浅沼一郎名義の、預金口座を作ったのか、その点は、わかっているんでしょう？」

「窓口で、応対した女性行員が、問題の男性の顔を、覚えていて、彼女の証言を元に、似顔絵を作りました。店内のカメラでは、男はずっと下を向いていて、顔はほとんどわからないのです」

支店長はスケッチブックを持ってこさせると、そこに描かれた犯人の似顔絵を、見せてくれた。二枚あり、髪の毛の量が違っていた。

その似顔絵を、十津川は亀井と二人で、じっと見つめた。

特徴のない、一目見ただけでは、印象に残らない、どこにでもいるような中年の男の顔である。

似顔絵の裏を見てみると、そこには、小さな字で、

「身長百七十五、六センチ、やや痩せ型で、髪の毛は薄い。五十歳くらい。当銀行には、二回来ていて、二回目は、髪が黒々としていたから、カツラを使用している可能性がある」

と、書いてあった。

「この似顔絵ですが、コピーしていただけませんか？」

と、十津川が、頼んだ。

コピーを待つ間、十津川は、窓口で、その男に、二回応対したという女性行員を呼んでもらって、男について知っていること、男と会っていて、気がついたことの全てを話してほしいと頼んだ。

女性行員は、

「優しい感じの男性でしたね。年齢は、おそらく五十歳前後ではないかと思います」

「似顔絵を拝見したのですが、顔に何か特徴のようなものはありませんでしたか？

どんな小さなことでも、いいのですが」

と亀井が、きくと、女性行員は、

「そうですね」

と、いって、考えていたが、

「似顔絵は正面からの顔だったので、描かなかったのですが、顔の右側に、かなり大きなホクロが、ありましたね。正面から見るとわからないのですが、ちょっと横を向くとよくわかります。右側の頰の上辺りです」

と、しっかりした口調で、貴重な証言をしてくれた。

「その男性は、どんな、服装をしていましたか？」

と、亀井が、きいた。

「二回ともグレーの、ごく普通の地味な、背広でした」

「ネクタイは？」

「いいえ、ネクタイは二回ともしていませんでした」

「二回とも一人で来たんですか？」

「ええ、そうですけど、ただ、二回目にいらっしゃった時、時々後ろを、見ていらっしゃいましたから、どなたかと一緒に、来ていたのかもしれません」

と、女性行員が、いった。

「その一緒に来た人物について、何かわかりませんか?」

「私は、その人を見ていないので、何ともいえませんが、浅沼さんは、時々後ろを気にしていらっしゃいましたから、相手の方は、男性なのか、女性なのかわかりませんが、浅沼さんに対して、命令ができるような、そういう立場の人ではないかと、思いました」

「それは、どうしてですか?」

「今も申し上げたように、しきりに気にしていらっしゃいましたから」

と、女性行員が、繰り返した。

しばらくすると、似顔絵のコピーができ上がり、それを持って、十津川は、捜査本部に戻った。

東京駅のJR東海の駅長室に電話し、例ののぞみ一三〇号に乗っていた車掌が、東京駅まで乗務してきた時は、すぐ知らせてくれるように、頼んだ。

その車掌が、東京に来たのは、二日後だった。

駅長からの知らせを受けて、十津川は、亀井と、東京駅に、急行した。

その車掌に会うのは、初めてである。

「事件の日から、被害者の隣りに座っていた男のことばかり考えていました。すると、突然、記憶が蘇ってきて、警察に電話したんです」

車掌は、いった。

十津川は、礼をいってから、浅沼一郎の似顔絵を見せて、沢田澄江の隣席にいた男ではないかと、きいた。

「似ているような気がします。私の記憶で描いた似顔絵とは、天と地ほどの差ですね。ただ、帽子を被っていたので、髪の毛がどうだったかは、わかりませんね」

と、車掌が、いう。

しかし、十津川が、

「右頰に、かなり大きなホクロがあるのですが」

と、いうと、車掌は、

「それなら、違います。別人です」

と、笑った。

「どうしてです?」

「私が見た男性には、そんなホクロは、ありませんでしたから」

と、いうのである。

「ホクロはないですか？」

「そうです。ホクロは、ありませんでした」

「間違いありませんね？」

「私は、乗客の顔を見ますから、帽子を被っていても、ホクロがあれば、記憶に残っている筈です」

と、車掌は、強い口調で、いう。

一瞬、十津川は、亀井と顔を見合わせたが、急に、ニッコリして、

「あなたの眼を信用しますよ」

「お役に立てなくて、申しわけありません」

「いや。大変、役に立ちました。この似顔絵は、よく似ているわけでしょう？」

「そうです」

「それなら、十分です」

「しかし、ホクロが」

「いや、これは、多分、付けボクロです」

と、十津川は、いった。

「付けボクロ——ですか？」

「この男は、新幹線の中で、沢田澄江を毒殺し、沢田澄江の二億円の預金を、奪っています。どちらのケースも、車掌のあなたと、銀行の窓口で、顔を見られています。何とか別人に見られたいと思った筈です。そこで、一番簡単な方法、付けボクロとカツラを使用したんだと思います。特に、大きな黒いホクロは、その人間を限定する決め手になりますからね」

と、十津川は、いった。

十津川の考えは、途中から、確信に変っていた。

この二人の男は、間違いなく同一人物なのだ。

別人として行動したいのだが、短い時間で二ヶ所に、姿を見せなければ、ならなかった。

変装をしたいと思ったに違いない。が、多分、変装する時間もなく、変装の方法も、わからなかったのだ。

だから、一番、簡単な方法を使った。付けボクロとカツラである。もっとも簡単で、しかし、効果的な方法だ。

十津川は、捜査本部に戻ると、男の似顔絵を新たに作った。右頰に、ホクロのある顔である。

（多分、間もなく、どちらかの顔の男と、会うことになるだろう）
と、十津川は、思った。

# 第四章　六作目の映画

## 1

沢田澄江の部屋から佐々木小次郎の人形が発見された。寝室の写真の裏に、隠しスペースがあり、そこに置かれていたという。

三田村刑事からそう報告を受けた十津川は、亀井と岩国へ行き、錦帯橋近くの土産物店で、同じ人形を購入し、ステーキハウスのあったビルにも行った。

岩国は、つい数日前に、錦川鉄道の社長に会うために訪れているし、佐々木小次郎の人形も、最初に岩国に来て錦川清流線に乗ったりした時に買っていたが、何度でも、澄江も歩いたであろうルートを辿りたかったのだ。

十津川は、のぞみ一三〇号で、東京へ帰ることにした。その新幹線の中で十津川は、岩国で買った佐々木小次郎の人形を、膝の上にのせて考え込んでいた。なぜ、沢田澄江が佐々木小次郎の人形を買ったのか。それを帰りの新幹線の中で考え続けたのである。

お土産の佐々木小次郎は、「秘剣燕返し」を自分のものにした時の様子をそのまま人形にしたものである。その燕返しの秘剣を手に入れた佐々木小次郎に沢田澄江は何らかの意味を投影していたのか、あるいは、ただ単に岩国が好きだからというので、佐々木小次郎の人形を買ったのか。そのどちらかが、十津川にはなかなか判断がつかなかった。

出生地のひとつとされる岩国では、佐々木小次郎は英雄である。剣の達人だが、多くの書籍の中では宮本武蔵に巌流島で決闘して負けた敗者である。さらには、宮本武蔵の方は剣聖と言われて、精神的にも達人であるのに比べて、佐々木小次郎の方は何となく遊び人で剣聖と言われることはない。それどころか、二人が決闘する筈がない。元々、年齢が違いすぎるのだと書かれた本を、十津川は読んだことがある。

沢田澄江は、そうした歴史の真実に関心があったのだろうか。確か、出演した三本目の映画では、佐々木小次郎の恋人役を、自ら希望して演じたというから、何か思い入れがあったとも考えられる。

たぶん、彼女にとって佐々木小次郎は、郷土の英雄であり、更にいえば彼女は佐々木小次郎が好きだったのではないか。しかし、佐々木小次郎の人形を買った深い理由までは、浮かんでこない。

新幹線が新大阪を出て京都に向かって走っている時、十津川の携帯が鳴った。座席を立ち携帯に出ると、東京の三田村からの電話だった。

「今、どの辺りを走っていらっしゃるんですか？」

と、きく。

「間もなく京都だ。何かあったのか？」

「沢田澄江のマンションですが、火事がありました。高層マンションなので、消火作業がはかどらず、彼女の部屋を焼き尽くしてからやっと、鎮火しました。放火の疑いがあります。これから、私と、北条早苗刑事の二人で焼け跡を調べに行ってきます。何かわかったら、警部が東京に着くまでの間でも構わず電話します」

と、三田村が、いった。

十津川が終着の東京に着いても、三田村刑事からの連絡はなかった。まだマンションの焼け跡に、いるのだろう。そこで十津川は、亀井と警視庁に戻らず、沢田澄江が、住んでいたマンションに向かった。

タクシーの中で亀井がいった。

「妙な話ですね」

「どこが妙なんだ？」

「沢田澄江はすでに死んでしまっています。我々は、彼女は津和野の生まれであり、マンションを調べ、広島は目的地ではなかったと考えて、岩国から、錦川鉄道まで、足を運びました。犯罪の根は、東京ではなくて、岩国あるいは、錦川鉄道にあるのではないかと考えました。それなのに、今になって、彼女の東京のマンションが焼かれるというのはどういうことなんでしょうか？　調べられて、困るような物が犯人にはあったんでしょうか？　もしそうだとすると、ずいぶん呑気な犯人だということになってきます」

「君の言うとおりだが、問題になる物が、あのマンションにあったから火を付けたんだろう。事件に全く関係のない人間が、放火したとは、思えないからね」

十津川が、いった。

マンションの前には、五台の消防車と警察のパトカーが一台、止まっていた。十津川が着くと、中から、三田村と北条早苗の二人の刑事が、出てきた。

「どうだった？」

と、十津川がきくと、三田村刑事が、

「完全に焼けてしまっています。原形を留めている物は、何もありません。ガソリンの匂いがするので、犯人は、ガソリンを撒いてから火を付けたものと、思われます」

「くわしい話を聞かせてくれ」

十津川は、二人の刑事を、近くのカフェに連れていった。四人でコーヒーを飲む。

北条早苗刑事がカメラを取り出して、

「これには、前に、彼女の部屋を調べた時の画像が、入っています。現在の状況は、三田村刑事が言ったとおり、完全に焼けてしまっていますから、何もわかりませんが、こちらの、前に撮った画像を見れば、ひょっとすると、何のために犯人が、放火したのかがわかるかも知れません」

と、いった。

北条早苗が、カメラをテーブルの上に乗せ、スイッチを、入れて、前に撮った画像を次々に、表示していった。十津川もその時のことを思い出しながら、画面を、見つめた。

あの時、部屋の中に、広島を表すような物は何もなかった。それで、十津川は、被害者沢田澄江が広島とは関係ない女性と考えたのである。

「確かに、なぜ犯人が、あの部屋を燃やしたのかわからないな」

十津川が、いった。

「最初は、あの部屋に、広島のグッズや土産がないことから、沢田澄江は、広島に行ったのではない、別の場所に、行ったのだと考えましたが、そのことは、おそらくわかってしまったことですから、それで、犯人があの部屋に放火したとは、思えません」

三田村も同じことを、いった。

「確かにそのとおりなんだ。沢田澄江が、広島からの切符を持っていたのに、広島が目的ではなかったと気づいたのはこちらの勝ちだったが、三田村刑事の言うように、それはもうわかったことだ。そのために燃やすとは思えないね」

十津川は、テーブルの上に、佐々木小次郎の人形をのせて、

「こうなると、沢田澄江について、もっと調べる必要があるな。年齢は六十五歳。元女優。五本の映画に出て、突然、引退してしまった。その後二十五年も経っているのに高級マンションに住んでいて、五億円の預金がK銀行等々力支店にあった。なぜそんな預金があったのか、一体、映画界から引退した後どんな生活を、送っていたのか。どんな人間と付き合っていたのかということに、なってくる。それを徹底的に調べる必要がある」

と、十津川が、いった。

「すでに、沢田澄江について調べ始めています」

三田村刑事が、いった。

「警部も岩国に行って、沢田澄江という女性のことが、何か、わかったんじゃありませんか？」

北条早苗がきいた。十津川は、岩国の町や、錦川鉄道に乗った時のことを思い出しながら、

「一番強く感じたのは、沢田澄江という女性は、ロマンチストだということだった。とにかく彼女は、岩国から出発している錦川鉄道、それを、山口線の日原まで延ばして、日原で山口線と繋げようと、一生懸命に動いていた。現在、この計画は、予算の都合で、計画自体がなくなってしまっている。それにも、かかわらず、沢田澄江はずっと『岩日北線』誕生の夢を持ち続けて動いていたといわれているんだ。そのことを知っている人たちは、彼女のことを、女性としては、大変なロマンチストだと、言っていた」

「それは別に、悪いことじゃありませんね」

北条早苗が、いった。

「ああ、そうだ。悪いことじゃないし、素晴らしいことだ。だが、そのために貯めた五千万円を、持ち逃げされてしまった。そして夫に死なれ、ステーキハウスを売却した。繰り返しになるが、向こうでわかったのはそのくらいなんだ」

と、十津川は、続けて、

「そのことが、沢田澄江が殺される理由になるとは、とても思えない」

と、いった。

## 2

次の日から、十津川の指揮で刑事たちは沢田澄江の、生まれてから六十五歳で殺されるまでの経歴を、徹底的に、調べていった。

山口線の通る津和野近くの日原生まれ。地元の高校を卒業した後、東京の大学に入り、大学四年の時にスカウトされ、映画に初出演した。

その映画で、新人賞を貰い、人気が出て、全部で五本の映画に出演している。

四十歳の時、突然引退した。なぜ、突然引退してしまったのか。そのことを調べていると、五本の映画に出ていて、六作目の映画の出演が決まっていたが、刑事事件を起こし、そのために引退したのではないか。そうした噂が流れたことがわかった。

「問題は、その刑事事件だが」

と、十津川が、いった。日下と三田村の二人の刑事は、六作目の映画を企画した映画会社に行って、刑事事件とは一体何だったのかを聞くことにした。

そこまで決めて、十津川は帰宅すると自分が撮ってきた写真を、妻の直子と一緒に見ることにした。錦川鉄道の列車の写真、岩国という町の写真、そして、佐々木小次郎の銅像の写真である。

「あら、岩国って錦帯橋のある町なのね」

直子が微笑した。

「その錦帯橋の下を流れるのが錦川だよ。錦川鉄道はその錦川に沿って走っているんだ。とにかく、きれいな川だよ」

と、十津川が、いった。

「それにしても、殺された沢田澄江さんは、六十五歳だったんでしょ。その年まで地方の鉄道を、開通させようと努力していたなんてたいしたものだわ。そういう人生を懸ける夢があるなんて、ある意味うらやましいわ」

と、直子が、いった。

「確かに、そのとおりなんだが、ひょっとするとそのために、彼女は、殺されてしまったのかも知れないんだ」

「でも、その鉄道、何ていったかしら。鉄道の名前」

「『岩日北線』。それが正式な名前だよ。岩国と日原を繋ぐ夢の線路だったんだ」

「殺された沢田澄江さんの写真、新聞で見たんだけど、六十五歳にしては、若々しくてきれいな人ね」

「引退するまで、女優として五本の映画に出演しているんだ。彼女は二年前から等々力のマンションに住んでいたんだが、寝室には、若い時の美しいモノクロ写真が、飾ってあった。第一作で、新人賞も獲っているからね。彼女にとっては、その頃の自分が自慢なんだろうね」

「でも、五作で引退しちゃったんでしょ」

「そうだ。ただ、実際には六作目の映画に出演が決まっていたのに、刑事事件を起こして、それで突然、引退してしまったらしい」

「刑事事件って、どんなことなのかしら」

「それがわかれば今回の事件の解決に近づくと、期待しているんだけどね。まだどんな事件だったのかは、わかっていない」

と、十津川が、いった。

「刑事事件なのね」

「おそらく、なんだ。だとすると、出演料に文句があって、突然辞めてしまったとかではなく、誰かを傷つけてしまったか、あるいは交通事故を起こしたとか、詐欺をはたらいたとか、そこのところがまだわかっていない」

十津川がそんな話をしているうちに、ふと目を上げると、棚の上に、佐々木小次郎の人形がのっているのに気がついた。

「あれはどうしたの？」

「あの人形？」

「岩国で売っている物で、私も買ってきて、カイシャに置いてある。君があの人形を持っているとは知らなかったな」

「あなたが、岩国に行っている間に、大学時代のお友達が遊びに来て、持ってきてくれたのよ。彼女女優でね。今度、佐々木小次郎が主人公の映画に出るんですって。それでスタッフが佐々木小次郎の生まれた岩国へ行って取材した時、向こうで買ったんだそうよ。ふたつ貰ったからって、ひとつくれたの」

と、直子が、いう。

十津川は、沢田澄江について、女優の時のことを調べる必要を感じた。

彼女が出演した映画は、五本全部が、『中央映像』の製作である。もちろん、その間にテレビにも何本か、出演している。問題があるとすればなぜ、六本目の映画に出演が決まっていたのに突然中止し、そのまま、芸能界から引退してしまったかである。

十津川が以前、日本映画協会から聞いた話では、刑事事件に関係したことで芸能界を引退したのではということだったが、その刑事事件が何なのかはわかっていない。

十津川は、彼女が出演した五本の映画、それを撮った映画会社中央映像に、話を聞きに行くことにした。念の為に、亀井も一緒である。

中央映像の本社は、新宿。スタジオは三鷹《みたか》にあった。十津川は、新宿西口のビルの中にある中央映像の本社を訪ねた。応対に出たのは、広報担当部長の仁科《にしな》という男である。十津川は、相手に警察手帳を見せてから、

「現在、新幹線の中で殺されていた沢田澄江の事件を担当しています。彼女はこちらで、五本の映画に出演して、六本目の時に突然、引退してしまいました。なぜ、六本目の映画の時に、引退してしまったのか、その辺りの事情を、教えて頂きたいんです」

と、十津川が、いった。

仁科という広報部長は、引き出しから一冊の分厚い本を取り出してきて、十津川の前に置いた。

「問題の映画は、この本が原作になっています。題名は『未来を見つめて』で、ベンチャー企業で成功した河原崎誠《かわらざきまこと》という男の自伝です。映画の題名も本と同じく『未来を見つめて』です。実は、その主人公河原崎誠は、現在は河原崎通信工業の社長ですが、沢田澄江の大学の同級生なんですよ。この本を、映画化しようとした時、二人とも、四十歳でした。河原崎は、当時若手実業家といわれていましたが、沢田澄江の方は、映画の世界では、二十年近いキャリアがありました。たぶん少しばかり、疲れていたのかも知れませんね。脚本も出来て、いよいよ撮影に入ろうとした時に事件が起きましてね。ええ、彼女の役は主人公河原崎誠の奥さんです。その自伝を読んでくだされればわかると思いますが、主人公を公私で助けて成功させた女性という役になっています」

「事件が起きたということですが、どういう事件だったんですか？」

と、十津川が、きいた。

「当時も、ほんの一部の人間しか、知りませんでした。実は、甲州《こうしゅう》街道で、河原崎誠を乗せた車を沢田澄江が運転していたんですが、笹塚《ささづか》付近で、七十歳くらいの老人が乗っていた自転車を、はねてしまいましてね。幸い軽傷で、救急車で病院に運ばれ、事なきを、得たんですが、何しろ、映画の撮影を始める直前だったので、本人もショックだったのでしょう、撮影は、延期されましたが、被害者とは示談が成立しました。ところが、沢田澄江は、そのまま、突然、引退を発表しましてね。その後は、完全に、この世界から消え去ってしまったんです」

と、広報部長の仁科が、いった。

「引退した後の、彼女に会いましたか？」

と、亀井が、きいた。

「二、三年ぐらいは、度々会っては、映画界への復帰を勧めましたよ。引退した時は、四十歳になっていましたが、根強い人気がありましたからね」

「それでも、沢田澄江さんは映画界に復帰しなかった」

「そうなんですよ」

「引退した後、二十五年、経っていますよね。その間沢田澄江さんはどんな生活を送っていたんですか？」

と、十津川が、きいた。

「結婚もして、それなりに充実した生活を、送っていたようです。彼女は、島根県日原という町の生まれで、一時、その日原と、近くの岩国、この二つの町の観光大使にもなっていました。ご主人が亡くなってからは、マンションに、一人で住んで、旅行を楽しんでいましたね。それも、豪華客船で日本一周をしたり、世界旅行もしたようで、そうした旅行について、本を書いて、自費出版したものを、何冊か贈呈されました。楽しく読ませて頂きましたよ」

仁科は、観光大使の名刺と、旅行案内の本を数冊取り出して、十津川に見せてくれた。

島根県日原町観光大使　沢田澄江
山口県岩国市観光大使　沢田澄江

この二枚の名刺と、あとは、旅行案内の本である。いずれも写真入りで、「澄江の――」から始まっていた。引退した以上、芸名を使うことには抵抗があったのだろう。

「澄江の北海道旅行」
「澄江の京都案内」

「澄江の九州名所歩き」

「澄江の日本一周クルージング」

「澄江の世界一周クルージング」

仁科は、続けて、

「岩国から、錦川鉄道という、楽しい列車が、出ているんですが、何とかして、故郷の名所、名産品をもっと知らせてたくさんの観光客を呼びたいと、言っていました。そんな、ボランティア的な仕事も、楽しんでいたんじゃありませんかね。たまに話すと、楽しそうに旅行の話とか錦川鉄道の話とかをしていましたよ」

「念の為にお聞きするんですが、四十歳で映画界というか、芸能界から引退した。その後、結婚して、ご主人が亡くなってからは、旅行を楽しんで旅についての本を何冊か、出している。故郷を走る錦川鉄道の宣伝もやっていた。これが、沢田澄江さんの四十歳からのだいたいの生活ですか」

「そうですね。その他の仕事をやっているということは聞いていませんから」

「それで当時も、東京の高級マンションに、住んでいたんですか？」

「そうです、そのとおりです」

「元々、沢田澄江さんの家というのは、資産家だったんですか？」

「さあ、資産家だという話は聞いたことがありませんね。何しろうちの映画に出るようになってから、郷土の成功者、女性に対して言うのもおかしいと思いますが『郷土の英雄』みたいになっていますから。まあ、プロフィールでは、津和野生まれとなっていますがね。いずれにしろ、元々の資産家ということはちょっと、考えられません」

と、仁科が、いった。

「中央映像の映画に出ていた頃は、男性俳優と付き合ったり、同棲した相手がいたとか、そういう噂は、なかったんですか？」

「華やかな芸能界ですからね。それに第一作で新人賞を貰って、突然、有名になりましたから、色んな噂がありましたよ。しかし結婚まではいかなかったですね」

「それは、なぜだと思いますか？」

「私も、彼女の個人的なことについて詳しく知っているわけではありませんが、例えば、妻子のある男性が相手だったので、結婚とか同棲とかという話にならなかったのかも知れませんし、その時から、結婚したご主人と、付き合っていたのかも知れませんね」

と、仁科が、いった。

「二十五年前に、沢田澄江さんが、河原崎社長を乗せて、運転中事故を起こした。しかしなぜ、その時二人は、同じ車に乗っていたんですかね。彼女の方は、成功者である河原崎社長の奥さんをやることになっていた。しかし、河原崎本人が、映画で自分の役をやるわけじゃなかったでしょう？」

「ええ。映画では、中堅で手堅い演技をする俳優がやることになっていました」

「それなのにどうして、河原崎社長と、沢田澄江が、二人だけで車に乗って、しかも、彼女が運転していたんでしょうか？」

「河原崎社長と沢田澄江さんは今も言ったように、大学の同級生なんですよ。その親しさもあって、同じ車に乗っていたんだと思いますね」

「その車は、誰の車だったんですか？」

「もちろん沢田澄江さん本人の車です。河原崎社長の車だったら、彼が運転していたんじゃありませんか」

といって、仁科が笑った。

「しかし、女優が車を運転していて事故を、起こしたんですから、新聞やテレビは大きく扱ったでしょうね」

「いや、事務所がかなり裏で手を回したようです。それに、相手の老人は、軽傷だったし、示談も成立したので、彼女が辞める必要はなかった。まして芸能界を引退することなどなかったんですがねえ」

「自伝の主の河原崎誠社長は、まだ健在ですよね？」

「ええ、健在ですよ。大手町《おおてまち》に新しいビルを建てたそうですから」

仁科が、いった。

ここで十津川たちは、河原崎に会いに、河原崎通信工業の本社がある大手町に回ってみることにした。

3

大手町にある、河原崎通信工業の本社は、仁科の言うとおり、新築のビルであった。そのビルを見上げれば、ベンチャービジネスの成功者であることが否応なくわかってくる。

受付で話すと、十階にある社長室に案内された。河原崎は、六十五歳のはずだが、血色も良く、いかにも、成功者という感じがした。

「先日亡くなった沢田澄江さんは、社長の大学時代の同級生だそうですね」

と、まず十津川がいった。

「そうなんですよ。元気かなあ、と思って電話を掛けようとしていたら、あの事件のことをテレビで見ましてね。びっくりしました。とにかく残念です。まだ、信じられません」

と、いう。

「今から二十五年前に、河原崎さんの自伝を、中央映像が映画化することになり、沢田澄江さんが奥さんの役をやることになっていましたよね。その矢先に、沢田澄江さんが自動車事故を起こしてしまった。それで役を降り、その上、芸能界から引退してしまった。その時のことは、覚えていらっしゃいますか？」

十津川がきくと、一瞬、間を置いてから、

「あれから、二十五年も経ったんですね。もう詳しいことは、覚えてないんですよ。なぜ、彼女は芸能界を引退してしまったのか、いまだに残念でなりません」

「はねた自転車の老人の方も、軽傷で済んだし、それなのに、どうして芸能界を引退してしまったんでしょうね？」

「女優業に疲れたのか、それとも、軽傷とはいえ、事故を起こしてしまったことが、ショックだったのか……。私も、その理由は、いまだにわからないんです」

河原崎が、悲しそうに答えた。

「この事故の後も、沢田さんとは付き合いを続けていらっしゃったんですか？」

「もちろんですよ。私は、引退後も、彼女に、うちの会社のコマーシャルに出てもらおうと思って何回も、口説いたんですが、とうとう出てもらえませんでしたね。それも残念ですよ」

と、河原崎が、いった。

「引退した後、沢田澄江さんは、郷里の日原や岩国で、観光大使をやったり、あの辺りを走っている錦川鉄道の全線開通を目指して奔走してました。そのことは、ご存じですか？」

「ええ、もちろん知っていますよ。錦川鉄道には、私も乗りに行きましたよ。それに、赤字で大変と聞いた時は個人名で寄付をさせてもらいました」

そういって河原崎は、錦川鉄道の社長名で書かれたお礼の手紙を、十津川に見せてくれた。

「沢田澄江さんと大学の同級生なら、彼女との結婚も考えたことが、あるんじゃありませんか？」

亀井が、きいた。

「大学を卒業してすぐ、結婚を申し込んだことはありますよ」

と、にっこりしてから、

「しかし、ふられました」

「どうしてふられたんですか？」

「たぶんその頃は、私の会社がうまくいくかどうか、不安だったんじゃありませんか。それとも、彼女に好きな人がいたのかも知れません」

「彼女は、東京駅に着いた新幹線の中で殺されていたんですが、何か心当たりはありませんか？」

「心当たりといわれても——とにかく、突然のことでしたから」

「もう一度確認しますが、今から二十五年前に沢田澄江さんが引退してしまった。その後もずっと、あなたとの付き合いは続いていたわけですね？」

「そうです」

「最近も会っていましたか？」

十津川が、きくと、

「あれは、今年になってからでしたかね。銀座で、二人で食事をしましたよ」

「その時に、どんな話をされたんですか？」

「お互いに年を取った、みたいなことを言いましたね。やっぱりこの年になってたまに会うと、そんな話になってしまうんですよ。彼女は、少し耳も悪かったですから。それに、彼女は芸能界から引退して長いですからね。こちらも仕事の話をするのはまずいなと思っているので、やっぱり、年を取った話とかどんな健康法をしているかとか、そんな他愛のない話が多かったですね」

「失礼ですが、河原崎さんはどこの生まれですか？」

十津川が、きいた。

「群馬の高崎の生まれですよ。地元の高校を出てから東京の大学に入って、そこで彼女と会ったんです」

「河原崎さんは侍がお好きですか？」

いきなり、十津川が、きいた。

河原崎は、えっ、という顔になってから、

「私のやっているＡＩ産業ですが、どことなく侍精神に通じるところがあるんです。だから、侍は好きですよ」

「侍というと、私はまず生涯敗れたことのなかった宮本武蔵と、その武蔵と巌流島で戦った佐々木小次郎が頭に浮かぶんですが、どっちが好きですか?」

と、十津川が、きいた。

河原崎は、十津川が話題を変えたので、戸惑っている感じで、

「そうですね。私もビジネスで戦っていますから、生涯敗れることのなかったという宮本武蔵の方が、好きですね」

と、いった。

「佐々木小次郎は嫌いですか?」

「嫌いというよりも、よくわからないんですよ。宮本武蔵は沢山の人が書いていますが、佐々木小次郎はほとんど、書かれていませんからね」

4

六月に入ると、都内のホテルで沢田澄江の「お別れの会」が行われた。主催したのは河原崎社長である。

沢田澄江の女優としての経歴は、長くはない。何しろ大学生の時に、一作目の映画に出たが、四十歳で、引退してしまったからである。それでも一般のファンを入れて、

三百人近い人々が、会に参加した。告別式の寂しさとは対照的だった。河原崎の力が大きいのだろう。

十津川と亀井も参加したのは、ひょっとして、犯人が出席しているのではないかという期待があったからである。しかし、犯人らしき者には、会えなかった。その代わりに、島根県警の笹崎という刑事が上京してきて、その会の中で、十津川に会い、挨拶した。

小柄な中年の刑事である。

「亡くなった沢田澄江は、日原の生まれでもあり、日原と岩国の観光大使をしておりましたので、島根県警でもこの事件を無視することは出来ないと考えております。それで、私が担当することになりました。宜しくお願い致します」

笹崎刑事は、律儀に十津川に頭を下げた。十津川は亀井にも紹介し、ホテル内のカフェでゆっくりと話をすることにした。十津川も郷里での沢田澄江の評判を知りたかったのである。

「殺される前の、彼女の足取りは摑んでいるのですか？　郷里にいたんですか？」

と、十津川が、きいた。

「はい、日原と岩国に二泊ずつしていました。あと、日原では毎年百万円を寄付されていたんですが、今年は、一千万円でした」

「彼女は毎年、郷里に行っては町に寄付をしていたんですか？」

「そうですね。私が知っている限りでは毎年やって来て、多額の寄付をしていかれたようです」

「そう聞いています」

「毎年百万円の寄付だったが、今年は、一千万円だったんですね？」

「理由はわかったんですか？　今年が、十倍になった理由ですが」

「役場では、質問しにくいことですし、その直後に、本人が亡くなってしまったので、聞きそびれたままになってしまったと言っています」

「あなたは、どう思っているんですか？」

十津川がきくと、笹崎刑事は首を小さく振って、

「私にもわかりません」

「沢田澄江さんが、自分の死期を予感して、今年だけ、十倍の一千万円を寄付したということはありませんか？」

「それもわかりません。彼女が死んでしまって、もう聞くことが出来ませんから」

と、笹崎がいう。

「それで、沢田澄江さんは、郷里で、どんなことをしていたんでしょうか？　もう一つ、彼女には、軽い障害があったと聞いたんですが、本当ですか？」

「軽い障害ですよ。少し耳が遠くなったといっていたようです」

十津川は、沢田澄江が死んだ日のことを思い出しながら、

「私が引っかかっているのは、五月十二日の新幹線の中で、彼女の隣りにいたという、野球帽を被った男なんです。９号グリーン車の16番Ａ、窓際の席で死んでいたんですが、途中まで、隣りの16番Ｂ席に男の乗客がいたと車掌は証言しているんです。しかし、東京駅に着く前には、この乗客は姿を消しています。車掌は、東京駅までの切符だったと証言していますが、途中下車したに違いないのです」

「その男のことは、聞きましたが、くわしいことは、わかっていません」

「われわれは、この男を、容疑者一号と考えています。これは、問題の新幹線の車掌と、同一人物と思われる男を見た銀行員の証言を、もとにして作った似顔絵です。ホクロとカツラで、変装している絵と、そうでない絵です」

十津川は、二枚の似顔絵を、笹崎刑事に見せて、

「この男は、彼女と同じく、広島から乗っていますから、岩国や日原の人間という可能性もあるのです。笹崎さんは、この顔に、見覚えはありませんか？」

と、きいた。

「見たことのない顔ですが、確かに、沢田澄江さんと同じ郷里の人間の可能性もありますね。私も、帰りましたら、この男のことを調べてみます。もし、日原や岩国で、何かわかりましたら、すぐ、こちらに連絡を差しあげます」

笹崎刑事は、沢田澄江の多額の寄付に対して、日原の役場が、彼女を表彰した時の写真を、十津川に渡して帰っていった。

そのあと、十津川たちは、しばらく、その写真を見ていた。

町長が礼を述べ、亡くなった沢田澄江が、挨拶している写真である。

「毎年百万円を寄付し、特に今年は一千万円もというと、彼女は、本当に郷里が、好きだったんですね」

と、亀井が、いう。

「確かにそうだが、彼女は、芸能界を引退した後、これといった仕事をしていないんだ。それでも、多額の貯金があり、よく大金を寄付できたなと思ってしまうんだよ」

と、十津川が、いうと、亀井は、

「あまり、寄付に拘っていると、何か、嫌なことを考えてしまいそうで、困ります。寄付の裏側なんか、考えたくありませんからね」

と、いった。

「誰か、彼女にスポンサーがついていたという考えだろう？」

「そうなんです。それも、一千万円という金額を考えるとどうしても特定の人間を、想像してしまいます」

と、亀井が、いった。

十津川は構わずに、

「河原崎通信工業の河原崎社長か」

と、名前をいった。

仕方がないというように、亀井が頷いて、

「今のところ、他の人間は考えられません」

と、いった。

「彼の名前を思い浮かべると、なぜ彼がスポンサーになったかの理由も簡単に浮かんで来てしまう。カメさんもそうなんだろう？」

「そうなんです。自動車事故を起こした時、車を運転していたのは本当は、沢田澄江ではなくて、河原崎社長の方だった。それなのに、運転していたのは自分だと沢田澄江が警察で証言した。そのおかげで河原崎は、責任を負わなくて済んだ。その代わり、一生、沢田澄江の面倒を見ると約束した。そんなことをすぐ考えてしまうんですが」

「しかしよくあるストーリイだよ」

と、十津川が、いった。

「しかし、これでは、あまりにもありふれたストーリイですから、どうにも自分で考えながら、自分で信用ができなくなってしまうんです」

「自動車事故が起きたのは、甲州街道の笹塚に近い場所だ」

と、十津川が、いった。

「そうならば、代々木署に記録が残っているかも知れませんね」

と、亀井がいい、

「明日にでも、記録が残っているかどうか、代々木署に、行ってみますか」

5

翌日二人は代々木署に出かけて、問題の自動車事故について聞いてみた。しかし何といっても二十五年前の事故である。はねられた被害者の老人は、軽傷で、すぐに病院を退院している。示談にもなっている。

そんな日常的な自動車事故について、記録が残っているはずもなかったし、代々木署の人間が、覚えていることもなかったのだ。

ところが一人だけ、覚えている刑事がいたのである。正確に言えば、元刑事である。問題の自動車事故を扱い、その後退職した刑事だった。

刑事の名前は山田収《おさむ》。現在、娘がやっているカフェを手伝っていた。十津川たちが会ってみると、

「よく覚えているよ。山田元刑事は元気いっぱいで、

「よく覚えているよ。何しろ事故を起こしたのが、女優さんだと知ってサインを貰ったからね」

と、嬉しそうにいった。

「しかし、よくサインしてくれましたね」

「だって、女優さんだよ」

「そうですが、事故を起こした直後でしょう。彼女は、その事故のためかわからないが、芸能界を引退しているんです。おそらく、事故に、ショックを受けていた筈です。それなのに、サインしてくれたんですね」

と、亀井が、いった。

「別に、嫌がりもしてなかった。私がサインしてくれと言うと、サインしてくれたか

ら。今でも、そのサインを持ってるよ」

そう言って山田は、カフェの店の壁に掛かっている色紙を、十津川たちに見せてくれた。

芸能人独特の、ちょっと、読みにくいサインではなくて、しっかりした、読みやすいサインだった。

「本当に、サインしてくれたんですか？」

と、亀井が、きいた。

「ええ。サインしてくれたよ。これは、本物だよ」

「それを不思議とは思いませんでしたか？」

「どうしてだい？　交通事故だと言ったって、はねられた老人の方は、軽傷だったし、念の為に病院へ行ったけど、すぐ、退院したんだから」

「その事故ですが、今でもはっきり覚えていますか？」

と、十津川が、きいた。

「覚えているよ。何しろこうしてサインを貰ったんだから」

と、山田がまたいった。

「その時は、彼女が、運転していて老人の乗った自転車にぶつけてしまったんですよね」

「そうそう。しかしよく聞いてみると、自転車の方も悪いんだ。よくいるでしょう？　自転車に乗っていて、自動車が近づいてくると、それを避けようとして逆に自分の方から車にぶつけてしまう。そんな感じの事故だった」

と、山田元刑事が、いう。

「自動車には、男性も乗っていましたよね？」

「ああ。今ベンチャービジネスの成功者の一人だといわれている河原崎誠。もちろん、彼からも、しっかりと話を聞いたよ」

「その河原崎社長ですが、事故の直後ということで、おかしいところは、なかったですか？」

「緊張していたが、別に、おかしいとは思わなかったな。ただ一人が、親しい関係だなという感じは受けたよ。その時の河原崎社長の話で、彼の自伝が映画になることも、わかったし、その映画に、彼女が出演予定ということも知ったんだ」

「出演予定というのは、本人が、いったんですか？」

「いや、話したのは、河原崎社長の方だった。彼女の方は、あまり、映画の話はしなかったという印象だな。その後すぐ、あっさり芸能界を引退してしまって、びっくりしたけど」

「その後、彼女に会ったことは？」

「会ってないけど、ファンレターを書いて、出したことがあるよ。所属していた事務所経由で」

「どんなことを書いたんですか？」

「芸能界に戻ってほしいと――」

「ほしいと、何です？」

「警察を辞めてすぐだったので、つい、どんな男性が好きですかって、バカなことを書いてしまってね」

「それで、返事は、来たんですか？」

と、十津川が、きいた。

「短い返事を貰ったよ」

山田はその手紙を見せてくれた。短い手紙で、二年前の日付だった。

〈お手紙ありがとうございます。

私は、サムライが好きです。勝者でなく、敗者のサムライが〉

「そのあと、これが送られてきたんだ」

と、山田は、木箱に入ったものを見せてくれた。

「木箱の方は、私の手造りだけど」

開けてみると、そこに入っていたのは、あの佐々木小次郎の人形だった。十津川は、黙って、佐々木小次郎を見つめた。

## 6

十津川は、二十五年前の事故に拘った。なぜなら、その直後に、沢田澄江は、芸能界を引退している。ということは、その事故が彼女にとって、大きな転機になっていて、今回の殺人に結び付いているのではないかと思ったからである。

十津川は、この事故の時に、はねられた、自転車の老人の方にも、話を聞きたいと思ったが、既に、その老人は、亡くなっていた。そこで、老人の子供を探した。自転車に乗っていたというところをみれば、事故現場の近くに住んでいたのだろう。その家族が今も、その周辺に住んでいれば、会うことが出来る筈である。十津川は、刑事を動員して老人の子供を探させた。

少し苦労したが、十津川の予測したとおり、老人の息子夫婦が事故現場近くのマンションに住んでいた。息子といっても既に、五十二歳。高校生の息子と、中学生の娘がいた。その老人の息子は、都心の会社に通うサラリーマンだった。

十津川の質問に対して、

「自分はその事故を見ていないが、父親から色々と、話を聞いている」

と、いった。五十二歳の息子の話によると、父親は事故の時七十歳。国民年金を支給されていたという。何かというとすぐ自転車で出かける癖があって、五、六十メートル先の銭湯へも、自転車に乗っていったという。

その時も、近くのコンビニに自転車に乗って行く途中だったと息子は話した。

「自動車に、はねられたが、軽傷だったようですね？」

と、亀井がいうと、

「そうなんですよ。自動車に、はねられたというよりも、軽くぶつかって、よろよろとなって壁にぶつかってしまった。そんな事故なんです」

「はねたのは、女優が運転していた車だったんですが、そういうこともお父さんは、知っていたようですか？」

「二日だけの入院でしたが、病院に行くと、ぶつけた右足に、包帯を巻いていましたが、元気でしたよ。ああそれから、有名な女優さんだとわかったので、見舞いに来てくれた時に、サインをしてもらったって喜んでいましたね。何でも、慌てて、病院の中の売店で色紙を買って来て、サインをしてもらったと言っていました。親父は亡くなるまで、そのサインを、自慢してましたよ」

「そんな話を、聞くと、お父さんは、車を運転していた女優さんのことを、別に恨んではなかったみたいですね？」

「全然。それに、退院した後もしばらく、女優さんから、お中元を贈って頂いていましたから、親父は、立派な人だと、褒めていましたね」

「その車には男性も同乗していたんですが、その男性については、お父さんは何か言っていませんでしたか」

「いや、聞いてません。うちの親父は芸能人好きだから、運転していた女優さんしか見えなかったんじゃありませんか」

五十二歳の息子は軽く笑った。

# 第五章　並木伸という男

## 1

十津川は、今回の殺人事件を、さらに調査する必要を感じた。

被害者、沢田澄江は、六十五歳。若い時は、映画女優だったが、引退後も、裕福な暮らしをしていた。

五月十二日、広島発ののぞみが、終着の東京駅に着いたあと、グリーン車で死亡しているのが、発見された。死因は、青酸中毒死。警察は、殺人と断定した。

始発から途中まで、五十歳くらいの中年男が隣りの座席にいたということから、この男が、犯人と思われた。

一方、沢田澄江が、K銀行等々力支店に預金していた二億円が、カツラとホクロで変装する、浅沼一郎と名乗る男によって、巧妙に引き出されたが、この男が、新幹線の容疑者と、顔立ちがよく似ているので、十津川は、同一人物だろうと、判断した。

大筋では、この殺人事件は、沢田澄江の資産を狙ったものであり、容疑者は、浅沼一郎を名乗る中年男で、沢田澄江を新幹線の車内で毒殺したあと、二億を奪った、と考えられた。

沢田澄江は、岩国と日原へ行っていたことは確かなので、容疑者・浅沼一郎も、その周辺に住む男の可能性がある。似顔絵があるのだが、逆に言うと、似顔絵しかなかった。地元の人間なら、県警が、捜査していけば、遠からず、犯人は、浮かび上ってくるだろう。しかし、もし犯人が、東京から沢田澄江を尾《つ》けていたとしたら、やっかいである。

さらに、十津川は、この事件には、もうひとつの側面があるのではないかと、思っている。それが、錦川鉄道である。

沢田澄江の夫は、十年前に病死しているが、錦川鉄道全面開通のための資金集めに奔走している。澄江自身も、何とかして、錦川鉄道を山口線の日原駅まで延長させ、岩日北線を開通する夢を、死ぬまで抱いていたと、わかった。こうなると、彼女のこの夢が、殺人の動機になっていたのではないかという疑問が、わいてもくる。

島根県警でも、同じ疑問が、わいてきて、無視できなくなったという。そこで、十津川は、亀井を連れて、県警の担当者に会いに向かった。

場所は、岩国。ここは、山口県だが、ここまで、島根県警の笹崎刑事と、上司の原口警部に、来て貰った。

殺された沢田澄江が、しばしば、岩国へ来ていたこと、岩国と、日原を結ぶ岩日北線の完成を夢見ていたからである。

岩国市内のホテルのロビーで、四人は、会った。

原口は、三十代の若い警部である。自己紹介の時、

「沢田澄江は、私の高校の先輩です」

と、いった。

「高校でも、彼女は、有名人でしたか？」

「女優ですし、高校が、山口線の日原駅の近くでしたから、死ぬまで、岩日北線の開業に向けて、動いていた彼女は、学校ＯＢＯＧの英雄でしたよ。変人だという声もありましたが」

「変人ですか？」

「岩日北線の可能性は、ほとんど無くなっているのに、その実現を目指して、必死になっていたからだと思いますね。妙に醒めた眼で見ている人もいますから」

「それで、気になるのは、沢田澄江が、死ぬまで、岩日北線の実現に動いていた理由なんです。亡くなった時、六十五歳でしょう？　その気持ちを、持続させた理由は、何なんですかね？」

「われわれも、その点を、重点的に調べてみました。最初に考えたのは、身内の影響と、いうことです」

「確か、彼女の夫も、岩日北線の開業のために、資金集めをしていたと聞きましたが」

「その通りです。十年前に病死していますが、形としては、妻澄江の手助けという感じなんです。彼女が夫に影響されたかどうかということになると、逆の感じです」

「他に、強い影響力を持つ人物がいたんですか？」

「ひとり、見つかりました」

と、原口は、ニッコリした。

「名前は、並木伸、七十五歳です」

「初めて聞く名前ですが、どういう人物ですか？」

と、十津川は、きいた。

「社会評論家とでも、いうんですかね。岩日北線問題が起きたのは、今から三十年前です。この年、錦川鉄道というか、錦川清流線が、開業したのですが、同時期に、並木伸が、岩日北線の開通の必要を訴える意見広告を、地元の新聞に、掲載したのです。一週間にわたってです。この掲載料は、並木伸が、自分で用立てました。その文面は、過激でしたが、多くの賛同者が出たと、いわれています」

「その新聞を読んで、沢田澄江も、感動したわけですか？」

「並木伸は、現在、岩国市内に住み、小さな鉄道雑誌を出しています。今も変わらず、岩日北線は、必要だと、書いています。全国誌ではありませんが、沿線周辺では、影響を持つ雑誌です」

原口は、その雑誌の先月号を取り出して、十津川たちに、渡した。

雑誌の名前は、『鉄道日本』である。目次を見ると、

〈今こそ必要な岩日北線〉第二回
と、あった。

「錦川清流線の開業が、三十年前でしたね？」

と、十津川が、確認するように、きいた。

「そうです」

「その前に、岩日北線の工事が中断されたんでしたね？」

「その七年前です」

「そこで、並木さんは、錦川鉄道の開業に合わせて、岩日北線の再工事を要望した。つまり錦町の先を、日原まで延ばせと、要望したんですね？」

「そうでなければ、錦川鉄道の必要性は、半分になると、書いています」

「それに、沢田澄江が、感動した？」

「そうです」

「彼女が、女優を引退したのは、二十五年前ですね？」

「並木伸の論説に感動してから、五年目ですね？　感動してすぐ動いたわけじゃないんですね」

亀井が、いった。

「三十年前には、五本目の映画の撮影に入っていたんだと思います」

「なるほど。その五年後に、六本目の映画に取りかかった時、突然、引退してしまったことになりますね」

「時間的には、そうなります」

「次は、殺人事件の容疑者ですが、似顔絵の中年男の手がかりは、見つかりましたか？」

と、十津川が、きいた。

「残念ながら、まだ、見つかっていません。浅沼一郎というのは、本名ですか？」

原口が、逆に、きく。

「実は、K銀行世田谷支店に、口座を作ったり、沢田澄江の預金を下ろしたりしているので、偽名ではなく、本名ではないかと考えて、調べ直しました。その結果、浅沼一郎は、実在の人物ですが、本人の消息は、確認出来ませんでした。ですので、何者かが、その名前を使って、口座を作ったらしいと、考えられます。もう一つ、沢田澄江の口座から、まんまと二億円を下ろして、奪った件については、沢田澄江の暗証番号を知っていたから可能だということでしたが、他に、この男が、沢田澄江の委任状を持参し、更に、支店長が、確認のために、彼女のスマホにかけて、本人のオーケイがとれたので、翌日に、支払ったといっています。スマホで確認したのは、殺された当日です」

「どうして、それを支店長は、最初に、言わなかったんですかね？」

「私も、そのことを質問しました。支店長の返事は、こうです。電話した沢田澄江さんが、このことは、喋らないで欲しい。相手を疑っているようで、悪いからと、言われたというのです」

「すると、浅沼一郎を名乗る男は、沢田澄江と、顔見知りで、その上、親しかったということになりますね」

と、原口は、いった。

「だから、五月十二日の新幹線で、隣りの座席に、座っていたということだと思います」

と、十津川は、いい、続けて、

「彼女は、疑いを持たずに、青酸入りの缶ジュースを飲んだという可能性もあるのです」

「沢田澄江は、何者なのかという疑問も、わいてきますね。女優を突然辞めて、錦川清流線の日原までの延長運動をやり、金も使った。それなのに、殺されてしまう。しかも、犯人が、二億円以外には、残っている金を奪った形跡がない。不可解ですよ」

と、原口がいう。

同じ県警の笹崎刑事が、続けて、

「沢田澄江の高層マンションの部屋が、火事になったのも驚きです。放火ということですが、犯人は、何のために、放火なんかしたんでしょうか？　すでに、沢田澄江が、死んでいるのにです」

「われわれも、あの放火には、首をひねりました。何のために、放火したのかわかりませんでしたから。普通に考えれば、マンションの部屋に、誰かにとって、都合の悪い物があるので、それを消してしまおうと、いうことですが、果して、何を、燃やしてしまったのか。彼女の部屋には、沢田澄江の若い時の写真と、古いが高価な家具や、出演映画のＤＶＤ、そして、佐々木小次郎の人形もありました。小次郎が、燕返しの秘剣を修得したときの人形です」

「古川修という私立探偵もいましたね。東京の人間で、警視庁が、調べてくれると約束して下さったんですが」

と原口が、いう。

「私の友人に、橋本豊という、私立探偵がいるので、彼に頼みました。その結果、わかったことは、次の通りです。年齢、四十歳。独身。二十五歳の時、探偵事務所を開業。現在、傭《やと》い主については、明かせないが、沢田澄江のために、働いている。そのため、彼女が殺されてしまったことは、残念で仕方がない。そこで今は、彼女を殺した犯人を見つけようと、がんばっている。これが、橋本豊の報告です」

## 2

「それでは、これから、沢田澄江が、心酔していた並木伸に、会いに行きましょう」

と、原口警部が、誘った。

県警のパトカーで、錦川沿いにある、並木伸の『鉄道日本』の出版社に向かった。

小さな出版社である。

社長、兼鉄道評論家の並木の他に、三人の社員がいるが、今日は、すでに帰宅してしまっているので、ゆっくりと、並木に話を聞くことが、出来た。

三階建ての小さなビルの、一、二階が出版社、三階が住居、その住居で、四人の刑事が、並木伸を囲んだ。

「先生は、今でも岩日北線の開業は、必要だと、叫ばれていますが、必要な第一の理由は、何ですか？」

と、まず、原口が、きいた。

「鉄道が走っている町や村は、消えないが、鉄道が走らなくなった町や村は、消えていく。これが、私の持論だ」

と、並木が、答える。

「しかし、地方の鉄道は、ほとんど、赤字でしょう。岩日北線が、山口線の日原まで繋がっても、赤字だと思いますが、それでも、日原まで延ばす必要が、ありますか？　赤字を増やすばかりだと思いますが」

と、十津川が、きいた。

「それは、日本の鉄道が、サービスをしすぎるからだ。それをやめれば、赤字は、少なくなる」

並木が、このあと、持論を展開した。

「交通手段は、いろいろある。バス、飛行機、船、そして、鉄道だ。その中で、一番損をしているのは、鉄道だよ。まず、バスについていえば、バスが走る道路は、バス会社が作ったものじゃなくて、国が作ったものだ。信号も同じだ。それに比べて、列車の走る、線路も、信号も、鉄道会社が、作っている。飛行機も同じだ。空港は、国が作ってくれる。船だって同じだよ。港を作るのは、船舶会社じゃない。鉄道だけが、用地を手に入れ、線路を敷き、駅を作り、車両を作る。その上、線路などの保守も鉄道会社の責任になる。こんな不利益を、無くせば、鉄道の赤字は、かなり減るんだ」

「他にも、今の鉄道の赤字を減らす方法は、ありますか？」

と、今度は、亀井が、きいた。

「定期券を廃止する」

と、並木が、いい、四人の刑事が、思わず、「え?」という顔になった。

「定期券を廃止したら、みんなが困りますよ」

「いいかね。鉄道で定期券を出しているのは、日本ぐらいのものだよ。ラッシュアワーを、考えてみろ。朝夕の通学、通勤の時間帯だ。あの光景を見れば、鉄道が、一番儲かる時間だとわかる筈だ。ところが、その時の乗客の多くに、儲けを減らす定期券なんかを発行している。だから定期をやめるか、割引率を減らせば、儲かるんだよ」

「わかりましたが、岩日北線の場合は、どう考えても、赤字になるんじゃありませんか?」

と、原口が、きいた。

「しかし、バスや、航空機の場合と同じように、鉄道の線路も、国が作ってくれれば、簡単に、繋がるんだ」

そのあと、並木は、ラッシュアワー対策についても、持論を展開した。

「外国人は、日本のラッシュアワーを見て、必ず、びっくりする。日本の鉄道は、優秀で驚くが、なぜ、ラッシュアワーがあるのか、わからないという。ラッシュアワーはね、日本の恥なんだよ。だから、国交省は、日本の恥だから、何とかしろと、私鉄やJRの尻を叩く。本来なら、これは、国の責任だよ。都市集中は、国の責任だからね。だが、国は、何もしてくれないから、仕方なく、鉄道会社が苦労する。まず、ラッシュアワーの時に利用できる車両の数を増やす。複線を複々線にする。車両のドアの数を増やす。これで、ラッシュアワーは、少しは、緩和される。

しかしね、鉄道側は、大きな損害を、こうむるんだ。車両を増やし、複線を複々線にするのは、ラッシュアワー対策で、一日を通せば、複々線の必要はないんだし、車両の数だって、余ってしまうんだよ。国には、そんなところも改めて貰いたいね」

「他に、ラッシュアワー対策はありますか？」

「アメリカでは、ラッシュアワーには、運賃を高くするんだ。それが、当たり前なんだ。それなのに、日本では、ラッシュアワーの客は、定期券が、大部分で、逆に安くしているんだ。これでは、永遠にラッシュアワーは、無くならないね」

「他に、鉄道について、言いたいことがありますか？」

と、十津川が、きいた。

「何回でも、言うが、鉄道だけが、なぜ、他の交通手段に比べて、国の援助が少ないのか、不思議で、仕方がないんだ。それでも、赤字を減らし、黒字にする方法は、ある。その一つを言っておくぞ。『乗客が多い時には、料金は高くしろ』だ」

「今の日本は逆ですね？」

「だから、赤字になるんだ。ピーク時には、料金は高くし、定期は、廃止する。これが実現すれば、少なくても、赤字は減る」

並木は、満足そうに、ひとりで、肯いている。

十津川たちは、やっと、話題を変えるチャンスを摑んだ。

「三十年前、先生が、岩日北線について、新聞に論陣を張られた時、沢田澄江さんが、感動したそうですね？」

と、原口が、いった。

並木は、急に、眼を細めて、

「彼女も、私と同じことを考えていたから、嬉しかったんだろうな。わざわざ、ここに、訪ねて来た」

「その時、沢田澄江さんは、映画女優だったんじゃありませんか？」

今度は、十津川が、質問する。

「確か、五本目の映画を撮っていると、言っていたね。三本目の映画では、岩国にゆかりのある、佐々木小次郎の恋人を演じていた」

「彼女は、佐々木小次郎が好きだと言っていましたが、先生は、どうなんですか？」

「私も、宮本武蔵より、佐々木小次郎が、好きだよ」

「つまり、勝者より、敗者の方が、好きだということですね？」

「正確にいえば、豪傑肌のサムライより、繊細で、優雅なサムライの方が好きだということだよ」

「沢田澄江さんは、どんな方でした？」

「優しさが、気に入った。そのくせ、何かを考えると、一途なところもね」

「五年後に、彼女は、女優を辞めて、岩日北線の開業を応援するように、なるんですが、そのことについて、話し合われましたか？」

「私も、岩日北線に賛成だったから、二人で、錦川鉄道本社に、自分たちの要望を持って行ったり、デモのようなことをしたりしたよ」

「女優を辞めたことについては、どんなことを、言っていましたか？」

「あれは、彼女が運転していて、自転車の老人をはねたんだったね」

「そうです。でも、老人はすぐ退院しています」

「しかし、彼女は、事故のことを、あんまり、話したがらなかったね」

「少しは、話したんでしょう？」

「交通事故を起こしたので、次の映画の出演が、難しくなった。それで、女優を辞めて、岩日北線の再計画運動に、打ち込めると、言ってきたことがあったな」

「それを、先生は、どう受け止めたんですか？」

「そうだな。正直にいうと、少し変だなと、思ったね」

と並木が、いった。

その言葉に、十津川が、飛びついた。

「先生が、少し変だなと、思った理由を教えて下さい」

「確か、事故の直後だったよ。事故のことは、公にはならなかったとはいえ、普通なら、落ち込んでいる時なのに、明るい感じだった。笑ってはいなかったが、顔は、嬉しそうだった」

と、並木は、いう。

「その時、先生の方は、どうだったんですか？」

「あの時は、退院したばかりでね」

「退院ですか？」

十津川がいうと、原口が「ああ」と、声をあげて、

「先生は、当時、暴漢に襲われて、入院していたと聞いています。退院した日に、彼

女が、ここを訪ねてきたんですね」

「暴漢に襲われたんですか？」

と、十津川が、きくと、並木は黙っていたが、代わりに、笹崎刑事が、説明してくれた。

「先生が、今日みたいに、国や、省庁を、批判したんですよ。それを、面白く思わない人間が、夜、先生が、自宅に向かって歩いてる時、待ち伏せしていて、鉄の棒で、殴った。そんな事件が、あったそうです」

「どこにでも、ああいう人間は、いるんだよ」

と、並木が、いった。

「それは、ニュースになったんですか？」

「テレビのニュースで、並木伸さんが暴漢に襲われ、瀕死の重傷と、報じられたようです」

と、原口が、いった。

「それを、沢田澄江が見たんだと思いますね」

と、十津川は、勝手に決めつけた。

信頼する男が、襲われた。

そのことが、沢田澄江を決心させた。

遠からず、女優業を引退する。

そして、岩日北線の開業運動に邁進する。

(これが、沢田澄江の心の動きだったに違いない。そして、自動車事故が、起きた)

と、十津川は、推理した。

「先生は、彼女にとって、どんな存在だったんですか?」

十津川が、きくと、並木は、眉を寄せて、

「そんなことは、彼女に聞いてくれ。私は、知らん」

「それでは、質問を変えましょう。彼女は、先生にとって、どんな存在だったんですか?」

今度は、すぐには反応がなかった。

じっと、考え込んでいる。

十津川は、辛抱強く、返事を待った。

「彼女は——」

と、いって、黙ってしまった。

四人の刑事の眼が、並木に向けられている。

「彼女は、何を——」

と、また、切ってから、並木が、いった。

「何を、望んでいたんだろうか？」

すぐには、刑事たちの反応が、なかった。

十津川にしても、何といっていいのか、咄嗟には、わからなかったのだ。いや、何をいっても、並木を傷つけてしまうような気がしたのだ。

多分、他の三人の刑事も、並木に向かって、どんな言葉をかけていいかわからなかったのだろう。

重い沈黙になってしまった。その沈黙を破ったのは、並木だった。

「彼女のことを考えるのは、辛い」

その言葉で、十津川たちは、並木に沢田澄江のことを、聞きにくくなってしまった。

四人は、いったん、引き揚げることにした。

## 3

岩国市内のホテルに戻った。

ホテル内の中華料理店で、少し遅めの夕食を取った。

「並木伸は、本気で、沢田澄江を愛していたのかも知れませんね」

と、原口が、いった。

「そうだと、私も思います。見たところ、並木には、女の匂いがありませんから、沢田澄江一筋だったと思いますね」

と、亀井がいう。彼が、女のことを話すのは、珍しかった。それだけ、並木伸という男の印象が、強烈だったのだろう。

「問題は、沢田澄江の方ですね。夫がいましたが、並木伸に対して、愛していたのか、ただ、尊敬していただけなのか、知りたいと思いますよ」

十津川が、いい、原口が、

「最初は、尊敬だったと思いますね。今日、並木伸が、口にした鉄道論は、なかなか、面白かったし、人を説得する力があります。特に、全ての交通手段の中で、鉄道が一番、国からの援助を受けていないという話は、説得力があると思いますね。岩日北線のように、計画が中断してしまうと、航空における空港、バスの場合の道路のように、線路だけでも、国が作ってくれれば、中断しなくてもいいという、反証になります。だから、岩日北線の実現を、あくまで願っていた沢田澄江にとって、この指摘は、最高の助言になったんじゃないかと思います」

「それで、最初は、尊敬ですか」

十津川が、いうと、亀井が、続けた。

「並木の方は、尊敬され、頼りにされているうちに、沢田澄江が好きになったということですね？」

「今日の並木の様子を見れば、彼が、沢田澄江を愛していたことは、はっきりします」

と、笹崎刑事がいうと、原口は、

「私はね。今日、並木が、喋っている時と、沈黙している時を、冷静に、見ていたんですよ。黙っている時、並木の身体は、小きざみにふるえていました。彼は、そのふるえを必死に抑えようとしているように、見えたんです。あのふるえは、今、笹崎刑事がいったように、亡くなった沢田澄江に対する切ない愛情の現われかも知れません」

と、ちらりと、笹崎を見てから、

「私には、その時、並木伸が、沢田澄江を殺した犯人ではないのか。われわれに、それを覚られまいとして、ふるえを、必死に、抑えているのではないか、と思えたのです」

原口の言葉で、一時、他の三人が、黙ってしまった。

その中で、十津川が、

「並木伸が、犯人だとすると、動機は何だと思いますか?」

と、きいた。

「私にもわかりません。ただ、並木伸が、犯人である可能性もあるということしか、わからないのです」

原口が、正直に、いった。

長い沈黙

身体のふるえ

言葉の短さ

この三つを、どう評価するかになった。三点は、切ない愛ともとれるし、原口のいうように、犯人であるがゆえの、恐れともとれる。

そこで、並木伸を、今後も調べることを決め、その際は、被害者の澄江との関係に、先入観を持たないことを確認した。

十津川と亀井は、もう一日、岩国に残って、並木伸について、聞き込みをすることにした。原口と笹崎は、時間を限定せず、また、場所も岩国に限定せず、並木の経歴を、調べる。

また、所轄の岩国警察署に挨拶に行き、並木伸と、沢田澄江について、何かわかっていることがあれば、教えて貰うことにした。これは、十津川たちの役目になった。

その夜、岩国のホテルで一泊した翌日、十津川は、岩国警察署に行き、署長に挨拶したあと、例の二人について、聞いてみた。

対応してくれたのは、中島警部だった。

署内の応接室で、中島は、

「並木伸という人は、この岩国市では、有名人ですから、いろいろと、噂は、聞きますよ」

と、いった。

「どんな噂ですか？」

「並木さんは、雑誌を出していて、鉄道に関する辛辣《しんらつ》な記事をのせるんです。特に、岩国発の錦川鉄道については、愛着があるのか、もっと、ひんぱんに列車を走らせろとか、国や県に資金を出させて、山口線の日原まで延ばして、繋げるようにしろとか、要求を突きつけて、錦川鉄道本社を困らせているんです」

「業務妨害などで、逮捕したことはありますか?」

「それがですね、形としては、錦川鉄道の車両を増やせとか、線路を延ばせと言っているだけなので、業務妨害とは、いえないのですよ」

と、中島は、笑った。

並木伸のことは、先日会った錦川鉄道の社長にしてみれば、わざわざ警視庁の十津川に、話すことではないと思ったのだろう。

「他に、並木伸について、何かありますか?」

「気性の激しい人で、二十五歳の時、心中未遂事件を、起こしています」

「心中事件ですか?」

「五十年も前のことなので、私はまだ生まれていなくて、話に聞いただけですが、三十代の人妻を好きになって、どうしようもなくなって、薬を飲んで心中を図ったが、薬の量を間違えて、幸運にも、二人とも、助かったといわれています」

「なるほど。沢田澄江という女性について、何かお聞きになったことは、ありませんか?」

「もちろん、知っていますよ。新幹線の車内で、殺されていた元女優さんでしょう？　十津川さんは、その事件の捜査で、来られたんでしょう？」

「その通りです。こちらに来て、彼女と並木伸とが、親しかったのではないかと、思うようになったのですが、その関係が、はっきりしないのです。並木は、岩国に住み、沢田澄江は、東京に住んでいるので」

「ちょっと、待って下さい」

と、中島は、部屋を出て行ったが、すぐ戻ってきて、地元の新聞を、十津川の前においた。

「二年前の十月二十五日の地元紙です。沢田澄江が、一千万円を、赤字に苦しむ錦川鉄道に、寄付した時の写真で、社長室に、社長と、彼女が、写っていますが、彼女の横に、並木伸が、写っています」

「確かに。並木伸は、付き添いで、一緒に行ったんですね。新聞記事によれば、『二十年来の仲』と書かれていますが？」

「その書き方について、二人は、抗議してないみたいですよ。この写真では、二人は、ソファに並んで腰を下ろし、満足そうに、笑っていますね。このあと、二人は、錦川鉄道で、終点の錦町まで行き、その先の雙津峡温泉で、一泊しています」

「それは、二人とも認めているんですか?」

「その写真を撮った地元紙の記者が、確認しています」

「つまり、二人は、そのくらいの親しさだったということですか?」

「そう見ていいと思います。並木伸は、人妻と心中を図るほど、気性の激しい性格。それに対して、沢田澄江は、簡単に他人を信じてしまう人の良さがあったんじゃありませんかね。これも、話に聞いたんですが、過去に大金を奪われたり、しているそうじゃありませんか」

と、中島が、いう。

確かに、十津川が、調べた限りでも、夫の経営していたステーキハウスで、店員に大金を持ち逃げされたりしている。

「他にも、並木伸と、沢田澄江の仲の良さを示すものが、ありますか?」

と、十津川は、きいてみた。

中島は、更に、一冊の調書を、持ってきた。

表には「並木伸に関する調書」と書かれていた。

「並木伸という男は、今も申し上げたように、気性の激しさから、よく問題を起こす人間です。そこで、彼のために迷惑をかけられたという人たちが集まって、うちの生活相談課に、注意してくれといって来たんです。そこで、それが事実かどうか、去年の秋、一ヶ月にわたって、並木伸について調べました。それが、この調査書です。一ヶ月という短い間でも、東京から、沢田澄江が、三回もやって来て、並木と、近くの温泉に、二泊とか三泊しています」

「これを、お借りできますか？」

「結局、事件にならなかった調書ですから、お貸しします」

と、中島がいい、十津川は、その調書を借りて、帰ることになった。

十津川と亀井は、沢田澄江と同じ、広島発ののぞみで、東京へ帰った。

二人が留守の間、日下刑事たちが、河原崎通信工業の河原崎社長について、調べたことを、十津川に報告した。

「われわれが、考えた通り、河原崎誠は、毎年一億円の大金を、沢田澄江の銀行口座に振り込んでいます。最初は、別人の名前を使っていたので、捜査は、面倒でしたが、今は、河原崎本人が認めています」

「河原崎は、何のために、そんなことを続けていたといっているんだ？」

と十津川が、きいた。

「大学時代から、彼女が好きで、女優の時も、熱烈なファンだったからだと、言っています」

「どこか、嘘くさいな」

と、十津川がいった。

「われわれも、警部が言われたように、交通事故の時、沢田澄江が身代わりになった。その代価として、一年に一億円を、払っているのだろうと、考えているのですが、証拠はありません。その上、沢田澄江が、死んでしまったので、河原崎が、否定してしまえば、それを、突き崩すのは、難しいのです」

と、三田村が、いう。

「一年に、一億を振り込んでいたことは、認めているんだな？」

「それは、認めています。それに、大学を卒業した時、彼女に結婚を申し込んだことも、本当のようです」

「他に何かわかったか？」

と、十津川が、きくと、北条早苗刑事が、

「これは、橋本豊さんの協力でわかったんですが、私立探偵古川修の傭い主が、わかりました」

「河原崎社長じゃないのか？」

「当たりです。よくわかりましたね」

「東京の私立探偵だからね。他の人間が傭うというのは、ちょっと、考えられないよ」

「この件についても、河原崎社長に、聞いてみました」

と、日下が、いった。

「河原崎は、何と言ってるんだ？」

「沢田澄江が、他人《ひと》を疑うことを知らない性格で、心配なので、彼女を守ってやりたくて、古川修を傭ったと、言っています」

「すると、沢田澄江が、ひんぱんに、岩国に行っていることも、並木伸という男に、会っていることも、河原崎は、知っていたことになるんだな？」

「古川修も、報告したことを、認めましたし、河原崎社長も、報告を受けたと、言っています」

「少しずつ、面倒くさくなってくるな」

と、十津川は、苦笑した。

十津川は、その二人、私立探偵古川修と、彼を傭った河原崎社長を、捜査本部に、呼びつけた。

先に、呼んだのは、古川だった。

「あなたを傭ったのは、河原崎誠だと聞いた。沢田澄江の依頼では、なかったんですね。その時、何を調べてくれといわれたのか、話して下さい」

と、十津川が、いった。

「はい。沢田澄江さんを、二十四時間監視し、何処で、誰に会ったかを、一ヶ月間、報告してくれと、言われました」

「あなたは、前から、沢田澄江さんを知っていたみたいですね？」

「一時、岩国に住んでいたことがありますし、鉄道マニアですから、錦川鉄道と、沢田澄江さんの関係は、知ってました」

「河原崎社長の方は？」

「こちらの名前は、知りませんでした。ただ、ＡＩ産業で、儲かっていることは、わかりましたね」

「二人の関係は、想像がつきましたか？」

「沢田澄江さんは、以前、女優だったことも知っていましたから、最初は、彼女が好きで、素行調査みたいなことを要求しているのかと思いましたね」

「途中から、変わってきたんですか？」

「前にも言いましたが、錦川鉄道を延ばすために頑張っている、沢田澄江さんを応援したかったので、途中から、河原崎さんのことも、調べました」

「それは、ルール違反でしょう?」

「そうです。傭い主のことを調べるのは、契約違反です」

「それで、何か、わかったんですか?」

「どうやら、河原崎社長は、沢田澄江さんのスポンサーらしいとわかりました。経済的に面倒を見ているらしいからです」

「他には?」

「河原崎社長と、沢田澄江さんが、一緒に車に乗っている時、事故を起こしていたことも知りました。そのあと、彼女が、女優を辞めたこともです」

「彼女が広島から東京に着いた新幹線の中で、青酸中毒死していたことは、いつ知ったんですか?」

「テレビのニュースで、知りました」

「そのあと、どうなったんですか? 河原崎社長との契約も、終わったんですか?」

「私も、そのつもりでいたんですが、河原崎社長には、これからも、沢田澄江さんと関係のあった人間について調べて報告してくれと、いわれています」

「すると、契約は、続いているわけですね？」

「そうです。それで、もう一度、岩国に行こうと思っています。沢田澄江さんの夢を、叶えられないか、私も動いてみたいので」

## 4

続いて、河原崎誠である。

河原崎は、弁護士と一緒に、やってきた。それに対して、十津川は、

「今日は、沢田澄江さんとの関係を聞くだけで、留置することなど、全く考えていませんよ」

と、いって、弁護士には、帰って貰った。

そのあと、沢田澄江のことを、きいた。

「彼女との関係は、簡単ですよ。同じ大学の同級生で、その後は、女優になった彼女のファンでもあります。二十五年前、彼女と二人で車に乗っていた時、交通事故を、起こしてしまいました。彼女は、そのあと、女優を引退しました。そして、五月には、新幹線の車内で、何者かに毒殺されてしまった。今は、一刻も早く、犯人を逮捕して

頂きたいと思っています。これが全てです」

「古川という私立探偵を傭って、沢田澄江を調べさせましたね？」

「それは、正しくありません。正確にいえば、彼女を危険な誘惑や、詐欺から守ってくれと、頼んだんです」

「沢田澄江さんは、大人の女性でしょう？　それなのに、どうして、そんなことを頼んだんですか？」

「確かに大人ですが、人が良くて、簡単に、欺《だま》されてしまうんです。それに、耳も少し悪い。だから、守ってやりたくて、古川探偵を傭ったんです」

「では、彼女の行動を、詳細に、報告させていたわけですね？」

「そうです。一日一回、スマホで、報告して貰うことに決めていました」

「それでは、五月十二日に、沢田澄江さんが、新幹線ののぞみで、東京に帰ってくることを、知っていたんですね？」

「いや、この日だけ、古川探偵から、報告が来ていなかったんです。心配していたら、あんなことになってしまって」

　と、河原崎がいう。

「しかし、彼女が、岩国に行っていたことは知っていたんでしょう？」

十津川が、きく。

「そのことは、五月十一日の夜、報告を受けていましたから」

「岩国の何というホテルに泊まっていたかの報告もあったんですか？」

「ありました。確か、岩国グランドホテルです」

「しかし翌日のぞみで、帰ることは、わからなかった？」

「そうです」

「何の用で、彼女が、岩国へ行ったのかは知っていましたか？」

「日原と岩国に寄付するためと、並木先生に、会いに行くということは、知っていました。彼女は、この先生によく、会いに行っていましたから」

「並木先生がどんな人かは、知っていましたか？」

「彼女に、いろいろと、聞かされていましたから。彼女は、岩日北線の開通を、ずっと願っていましたから、その運動の力になってくれる偉い先生だと聞いていました」

「それで、並木伸さんに会ったことはあるんですか？」

「いや。一度も会っていません」

「どうして、会わなかったんですか？　彼女を心配しているのなら、どんな男か、気になるんじゃありませんか？」

「その先生は、岩国の人間で、立派な人だと聞いているし、岩日北線の工事再開ということについては、私は、関係ありませんから」

と、いって、河原崎は、微笑した。

「あなたは、毎年多額の援助を、沢田澄江さんにしていると聞いたんですが、それは何のためですか？　何か、彼女に対して、弱味があって、そのために、仕方なく、多額な援助をしていたんですか？」

「その件は、あくまでも、私と彼女との個人的なことなので、説明はしたくないのです。どうしてもというのなら、弁護士立ち会いのもとでお願いします」

と、河原崎は、いう。

（この質問を予期して、弁護士を連れて来たのではないのか？）

と、十津川は、思ったが、そのことには触れず、次の質問に移った。

「河原崎さんは、二度、結婚されているが、二回とも、別れていて、現在独身ですね？」

「そうです。縁がなかったんだと思っています」

「それに、沢田澄江の存在は、関係ありますか？」

十津川がきくと、河原崎は、笑って、

「また、彼女のことですか。私は、女優時代は、ファンでしたし、現在では人間として、尊敬していました。それが、答えです」

と、いう。

(何となく、嘘くさいな)

と、十津川は、思った。

# 第六章　愛の確執

## 1

並木伸という男の存在を知ってから、十津川は、この事件の見方を変えた。

それまでは、若い時から六十五歳で死ぬまで地方の小さな鉄道の開業をずっと夢見ていた女性と、彼女に資金を出していた大学時代の同級生で、現在はＡＩ産業会社の社長がいた。そして、彼女の財産を奪おうとした人間がいた。さらに、まだその姿は見えないが、彼女に反対するグループがいた。この中の、誰かによって殺された。

十津川は、今回の事件をそんなふうに考えていたのだが、どうやら、事件の真相は、そう、簡単ではなさそうである。

たしかに、地方の鉄道の開業について夢を抱いていた女性がいたことは、間違いない。

その一方で、彼女が心酔した男もいたことがわかった。

十津川は、それを、島根県警の原口警部から聞いた。

それに、もう一人、十年前に死んだ夫もいる。つまり、今回の事件は、社会問題という面もあるが、男女の問題でもあるのだ。とにかく、三人の男が、沢田澄江の周りにいたのである。

しかし、だからといって、ただ単にその三人が、沢田澄江の考えに賛同して、地方鉄道開業のために動いていたとは思えない。その三人の男の間に、愛の確執があったと考えたほうが妥当だろう。十津川は、そんなふうに、考えるようになったのだ。

そこで、十津川は、亀井と二人で、また、河原崎通信工業の社長、河原崎誠に、会うことにした。

河原崎には、先日、捜査本部に来てもらっている。そのせいか河原崎は、またですかという顔で、十津川たちを迎えた。

「もう刑事さんにお話しすることは、何もありませんよ。先日お会いした時に、全部お話ししましたから」

と、河原崎が、いう。

十津川は、

「先日は、いろいろとありがとうございました」

と、まずは礼をいってから、

「実は、話しませんでしたが、私は、並木伸という『鉄道日本』という雑誌を出している出版社の社長に、会ったことがあるのです。亡くなった沢田澄江さんが、この並木伸という男の考えに賛同して、例の鉄道、岩日北線の実現に向けて力を尽くしたらしいのです。河原崎さんも、この並木伸という男のことは、ご存じでしたよね？」

と、きいた。

一瞬、河原崎社長は、迷いの表情を見せてから、

「前にも話したように、詳しいことは、よく知りません。亡くなった沢田澄江さんから、名前は聞いたことがあります。なんでも、偉い先生なんですよね」

と、いった。

「こちらで調べたところ、沢田澄江さんがまだ映画女優だった頃に、この並木伸という男の考えに賛同して、女優を辞めてからも、今いった岩日北線の開業に力を尽くした。そういうことは、もちろん、ご存じですよね」

「その件については、私は関係ありません。ただ、彼女が、その並木伸という男の考え方に賛同していたことは知っています。しかし、そのことがあったから、女優を辞

めたのでは、ありませんよ。私と一緒に車に乗っていた時に事故に遭って、それで、女優を辞めたんですから」

河原崎は、強い口調で、いった。

「それは、ちょっとおかしいですね」

「何がおかしいんですか?」

「沢田澄江さんは、岩日北線の開業のために一生懸命動いていたわけですが、この並木伸さんという人と一緒に、陳情に行ったこともあるようですし、その鉄道のことで、二人は、ひんぱんに、会っていたようです。それでも、あなたは何もご存じありませんか?」

繰り返して、十津川は、河原崎に、きいた。

「ですから、さっきから何度もいっているでしょう。並木伸という男が、彼女のそばにいたことは知っていますよ。今もいったように、彼女から、聞いていましたから。しかし、私は、この並木伸という人に会ったわけではないんです。いや、正確には、その人と一回だけ会ったことがあります。沢田澄江さんのお別れの会の時です。しかし、その時も、別に挨拶はしませんでしたから、せいぜい、その程度なんですよ。ただ名前を知っているというだけです」

河原崎が、繰り返して、同じことをいった。

「あなたも岩日北線の開業には、賛成のはずですよね？」

と、十津川が、きいた。

「ええ、私には関係ありませんが、賛成です。彼女の郷土にもう一本、新しい鉄道が増えるわけですから、いいことじゃないですか。何度もいうようですが、沢田澄江さんが、岩日北線の開業のために、いろいろと、活動していたのは知っているのです。私が、それに対して、多少の資金援助をしたことは、認めます」

と、河原崎が、いった。

「河原崎さんは、岩日北線の開業には、今でも賛成ですか？　錦川鉄道が、山口線とつながるのは、今でも、賛成ですか？」

繰り返して、十津川が、きくと、河原崎は、困ったような顔をして、

「それについては、もう、答えたじゃありませんか。彼女の郷土に鉄道が増えるのは嬉しいことだから、もちろん賛成ですよ。だからといって、岩日北線の開業について、寄付以外に、活動したことはありませんよ。沢田澄江さんに資金援助をしたことはありますが、私がやったのは、せいぜいそのくらいのことですよ」

と、いった。

「そうすると、あなたは、岩日北線の開業には、一応は賛成しているが、寄付だけしかしていない。ほかには何もやっていない。そういうことですか？　では、一年に一億円を、沢田澄江の銀行口座へ振り込んだのは、なぜですか？」

十津川が、きいた。

「それは、前も、説明したくないと言った筈です」

「今、沢田澄江さんについて、何らかの思いはありますか？」

「沢田澄江さんは大学の同級生ですし、錦川鉄道については、彼女は本当に熱心でした。今でも、彼女が、どうして、殺されなければならなかったのか、犯人がいったい誰なのか、それを知りたいと、思っていますよ。それにしても、どうして、警察は、なかなか、犯人を捕まえることができないんですか？」

今度は、十津川を責めるような口調になった。

「彼女を殺した容疑者は、だいたいわかっています」

と、十津川は、いった。

「わかっているのなら、すぐに、捕まえてください」

「あなたの傭った、東京の私立探偵・古川が、新幹線の中で、沢田澄江さんに、毒物を飲ませて、殺したと考えています」

十津川は、唐突に、いった。

もちろん、古川は似顔絵の特徴に似ていないし、年齢も違う。先日、捜査本部に呼んで以来、古川とは連絡が取れないが、橋本豊の報告でも、澄江殺しの犯人を独自に捜しているという。

「えっ？　それで、動機は何だったんですか？　東京の私立探偵が、なぜ、島根県の鉄道に関心があったり、かつて山口線の沿線に住んでいた女性を殺したりしたのですか？　いったい、どんな動機があったんですか？」

と、河原崎が、きく。

「動機については、まだわかりません。それに、古川修という私立探偵は、錦川鉄道について、沢田澄江さんを応援していたようなのです。それで、動機が、見つからないと思っていたのですが、ここに来て、並木伸という男が、見つかりましてね。そうなると、並木が、あなたという存在もあって焼きもちを焼いて、彼女を殺そうと考え、足がつかないようにするため、彼も彼女の周りで動いている東京の私立探偵を傭った。つまり、そういうことも、十分に、考えられますからね」

「つまり、並木伸さんは、私に対して、嫉妬の気持ちを、持っていたというのですか？」

と、河原崎が、きいた。

「その可能性もあります」

「どうしてですか？」

「この並木伸という人は、現在、七十五歳です。沢田澄江さんより十歳年上です。その点、あなたは大学の同級生で、沢田澄江さんと同じ年です。そうした間柄や年齢から、焼きもちを、焼いていたことも、十分に考えられるのです」

「なるほど。そういう理由ですか。わかりました」

「しかし、失礼ですが、河原崎さん、あなたにだって十分に、動機があるのですよ」

十津川は、河原崎の顔を見つめた。

「ちょっと待ってくださいよ。どうして、私に、沢田澄江さんを殺す動機が、あるんですか？　私には、彼女を殺さなくてはならない理由なんかありませんよ。彼女のことが好きだったことは認めます。それに、引退前には、彼女を、自分の会社のコマーシャルに、使っていたこともあるんですから。私としては、残念で仕方がありません。今でも悔しい思いでいっぱいです」

「もう一度確認しますが、古川修という東京の私立探偵に、殺人を依頼したことは、本当に、ないんですか？」

と、十津川が、きいた。

「ありませんね。私立探偵を傭って、沢田澄江殺しを依頼しなくてはならない理由はありませんよ。どうして、私が、そんな馬鹿なことを、しなくてはいけないんですか？　私は沢田澄江さんを尊敬していたし、彼女のことが好きだった。そのことは認めます。それは、間違いありません。だから、彼女を殺したいというような気持ちは、全く、持っていませんでした。焼きもちを焼いたことは、一度も、ありませんよ。それは、はっきり断言できます」

今度は、河原崎が、十津川の顔を見つめて、きっぱりといった。

「間違いありませんね？　今、ここで、私の質問を否定しておいて、あとで、それが事実でないことがわかったら、あなたにとって、まずいことになりますよ」

十津川は、少しばかり強い口調で、河原崎を脅かした。

「いえ、ありません。警部さんに、何度聞かれても、ないものは、ないというしかありません」

河原崎は、同じ言葉を繰り返した。

質問に動揺することなく、きっぱりと答える河原崎を見ていると、彼は、沢田澄江殺しの犯人ではないように、十津川には、思えてくる。

と、同時にその頑《かたく》なさがかえって気にもなってしまうのだ。

「並木伸という男のことを知っていると、おっしゃっていましたね？」

「ええ、そうです。ただし、申し上げているとおり、知っているのは、名前だけですよ。その人がどんな人なのかは、話したこともないので、全く知りません」

「しかし、この並木伸という男と亡くなった沢田澄江さんとの関係を、知りたいと思っていたんじゃありませんか？」

と、十津川が、きいた。

「いいですか。私は、その並木伸という人は名前だけしか知らないんです。どんな人間なのかはわからないんです。そんな人間のことを、どうして、私が、知りたいと思わなくてはならないんですか？」

河原崎が、いう。明らかに、怒っていた。

「名前だけしか、知らないのなら、なおさらいろいろと知りたいと思うんじゃありませんか？　その男と、沢田澄江さんが、親しかったのはどうしてなのか、なぜ、並木さんの考えに賛成だったのか、そういうことを知りたいと思うほうが自然じゃありませんか？　それに、あなたは、かなりの資金援助を沢田澄江さんにしていた。そうでしょう？」

「それは、彼女が、可哀そうになったからですよ。岩日北線のことについて、あんなに運動しなくてもよかったのに、女優を辞めてからも、岩日北線の開通に力を入れていたんですからね。そんな彼女のことが、あまりにも可哀そうになったので、私は彼女に頼まれたこともあって、資金の援助を、することにしたんです。ただそれだけのことですよ。ほかに理由はありません」

と、河原崎が、いう。

「あなたは、彼女が並木伸という男と付き合っていることを知った。それも、かなり親しそうに思えた。それで、二人の関係を調べるために、東京の私立探偵を、傭った。岩国あたりの私立探偵では、狭い業界なので、自分が傭ったことが周りに、知られてしまう恐れがある。そこで、東京の私立探偵を傭った。そうなんじゃありませんか？」

十津川は、わざと、くどく、同じことをきいた。

河原崎の顔が、少しずつ、赤くなっていった。

「いいですか、刑事さん、もう一度しか答えませんよ。たしかに、私は、沢田澄江さんと親しかった。何しろ、大学時代からの、古い友人ですからね。たしかに資金援助もしました。だからといって、わざわざ、東京の私立探偵を傭って、二人のことを調べさせたりは、しませんよ。これで話は終わりです。さあ、もう帰ってください」

河原崎は、さっさと、立ち上がってしまった。

## 2

翌日、十津川は、もう一度、島根県警の笹崎刑事に、会った。十津川が、事件に対する見方が、変わったというと、笹崎も、

「私も変わりました」

と、十津川の意見に賛成した。

笹崎は、考えが変わった理由を、説明した。

「これは、沢田澄江を挟んだ二人の男の焼きもちとも考えられます。この二人に、彼女の夫を、加えれば、三人の男になります。明らかに、男女関係の問題です。しかし、これは、岩日北線の問題でもあります。今までは、男女関係がはっきりしていませんでしたから、沢田澄江が、夫と二人で、岩日北線の開業のために動いていた。資金提供もしていたが、夫と一緒にやっていた岩国市内のステーキハウスで働いていた、柴田貢と加藤八重子という男女に、店の金を持ち逃げされてしまった。そんな話を信じていたのですが、どうやら、この話もあやふやに、なってきました」

と、笹崎が、いった。

「それは、どういう意味ですか？」

と、十津川が、きいた。

「例えば、河原崎社長から、大金が、沢田澄江に、渡ったとしましょう。それを自分で、岩日北線の開業のための運動に使ったとすれば、河原崎社長に、咎《とが》められてしまいます。つまり、並木伸におだてられて、自分が渡した大金を勝手に使ってしまったのではないか、そう思われるのがいやで、沢田澄江は、夫とステーキハウスをやっていた時、店で働いていた男女に金を持ち逃げされたとか、たまたまタイミングが、死後の出来事になりましたが、K銀行に預金していた大金を、浅沼一郎という男に、引き下ろされてしまったとか、そんなふうにわざと、ふるまっていたのではないかと、私は思うようになりました。そうすれば、河原崎社長に対しても、いいわけが、立ちますからね。自分で使ってしまったというと、今もいったように、河原崎社長に、並木伸のために使ってしまったのではないかと思われて困るからですよ」

と、笹崎が、いう。

「なるほど。笹崎さんがいわれるように、彼女が芝居をしていた。なかなか面白いですよ。たしかに、考えられるストーリイですし、彼女の周辺には、夫を含めて、少なくとも三人もの男性が、いたわけですから、彼等を怒らせないように芝居をした。笹崎さんの考えは、十分に成り立つと思います」

　十津川は、付け加えて、

「彼女を殺した犯人の範囲も広がってきますね。彼女の岩日北線の開通運動の、反対派が、殺した可能性も出てきますね」

「ただ、そう考えると、河原崎社長が大金を、沢田澄江に渡していた理由が、わからなくなります」

　と、笹崎が、いった。

「どうしてですか？」

「犯人に殺人を依頼したのは、河原崎社長だと考えてみます。河原崎が渡した大金を、並木伸の考えに、賛成した沢田澄江は、あろうことか、それを岩日北線の開業のための運動や並木伸に使ってしまう。そうなったら、河原崎社長は、腹を立てて、彼女に金を渡さなくなる筈です。それなのに、その後も、河原崎社長は、沢田澄江に対して、資金援助をしているんです。その理由がわからなくなってしまうんですよ」

「その辺は、もう少し簡単に、考えたほうがいいんじゃありませんか？」

　と、十津川が、いった。

「簡単に考えるというのは、どういうことですか？」

「沢田澄江は、東京で、自動車事故を起こしています。河原崎社長を隣りに乗せ、彼女が運転していて、事故を起こしてしまった。その責任を取って、女優を辞めたというのですが、この事故は、われわれが、疑いを持ったとおり、運転していたのは河原崎社長で、彼女は、助手席に乗っていた。そして、河原崎社長が、事故を起こした。それを、彼女がかばって、事故の時に、車を運転していたのは自分だと名乗り出た。結果的には、事故は世間に知られることは、ありませんでしたが、会社の業績が右肩上がりだった、河原崎社長は、助かったんですよ。だから、河原崎社長は、その後、彼女に対して、何回も、資金援助をしたとわれわれは、考えるんです。それは、彼女に対する、お礼でもあったでしょうし、口止め料でも、あったんじゃないでしょうか？　そう考えれば、河原崎社長が、なぜ、ずっと大金を、沢田澄江に、払っていたのか、その理由がわかりますからね」

と、十津川が、いった。

# 3

十津川と亀井は、いったん、東京に帰ることにした。その新幹線の中で、十津川は、笹崎刑事の考えを誉めた。

「とにかく、殺された沢田澄江は、何度か大金を、盗まれているんだ。ステーキハウスをやっていた時には、店で働いていた、柴田貢と加藤八重子という男女に、五千万円を盗まれたといい、東京のK銀行に、預金していた二億円は、浅沼一郎を名乗る男に、まんまと、取られてしまった。笹崎刑事がいっていたが、たしかに、あまりに金銭にずさんだよ。それが奇妙だったのだが、笹崎刑事のように、考えれば、辻褄が、合ってくるんだ。だから、笹崎刑事の考えは、素晴らしいんだ」

「たしかに私も、笹崎刑事の考えは、事態を一変する面白い考えだとは、思います。しかし、それが、事実かどうかは、まだわからないと、思っています。何しろ、店の金五千万円を盗まれたり、銀行の預金二億円を引き出されてしまったというのですから、ただ単に、だらしがないというだけでは済まない。何か、深い理由が、なければおかしいのです。したがって、笹崎刑事の考えるように、並木伸という男に、貢いだのではないかと、金を援助してくれる河原崎社長に、疑われるのを恐れて、それを追及された時のために、わざわざ、盗まれたとか、引き出されてしまったことにしようというのなら、たしかに、話の辻褄は、合ってきます。しかし、それが事実かどうかは、まだわかりません」

亀井刑事は、慎重な口調で、繰り返した。

二人の乗った新幹線が、東京に着く。

駅の構内には、全国のフリーペーパーやチラシなどが、置かれているコーナーができていた。特に、地方で発行される雑誌などは、定価の付いていないフリーのものが、ほとんどである。

十津川は、その中から岩国で発行されている『鉄道日本』を見つけ、それを警視庁に持ち帰った。

『鉄道日本』の今月号である。岩国にあったものは定価が付いていて、書店やキヨスクで売っていたが、東京駅に置かれていたものは定価が書かれていなくて、フリーペーパーのコーナーに、置かれていた。

警視庁に帰ってから、十津川はコーヒーを飲みながら、その『鉄道日本』の今月号を読んでいった。

十津川が、表紙をめくってみると、最初のページに、

〈その後の岩日北線開通問題について　並木伸〉

という大きな活字が、躍っていた。本文はこうあった。

「その後、岩国周辺というよりも、中国地方の人々に、岩日北線についてのアンケートを取ったところ、ぜひ錦川鉄道を、延ばして、山口線に、つないでほしい。そうなれば、岩国の人たちは、簡単に日本海側に、出ることができる。今は、そうした便がないので、不自由である。そういう声が圧倒的に、多かった。

それに、岩日北線は、単線で、無電化でもいいのだから、周辺の市町村や、国が補助金を出せば、簡単に、できる鉄道である。つまらないことに、政府が融資をしたり、金を出したりすることこそ、無駄である。

この岩日北線のように、地元の人間が、敷設を望む路線を整備し、足元から、便利になっていけば、国民の多くが、政府の方針に賛成するだろう。

私は、今の政府は嫌いだが、この件に関してだけは、岩日北線が通じれば、大いに、称賛を贈るものである。

もし、政府が何もしなければ、私たちは、この岩日北線の開通に対して、賛同してくれた、何人かの資金を、無駄に支払うことになる。また、前からの有力な協力者の一人が殺されてしまうという事件も起きた。

その女性を誰が何のために、殺したのか、それを、明らかにする必要が、あると考えている。

警察よ、とにかく一日も早く、犯人を検挙してほしい。もし、警察が、無能ならば、私が全力を尽くして、この事件の犯人を、見つけ出してやる」

これが『鉄道日本』の、というよりも、並木伸の主張だった。

十津川は、急に、並木の考えが聞きたくなって、彼の会社に、連絡したが、電話に出た社員は、

「社長は留守です。東京に行ってます」

と、いう。

「東京の何処に行ってるかわかりますか？」

「実は、社長が、これまで岩日北線について書いたものを、まとめて本にしたいと言ってるんです。それを、無料で、配りたいそうです。それも、百、二百という単位で

は、何の効果もないから、今回は、万単位で、日本中に無料で配ると言ってるんです。うちは、出版をやっているんで、本にするのは出来るんですが、資金繰りが大変だといって、社長は、出かけました。社長の個人的なルートに当たるといっていたので、われわれには、わかりません」

社員はその代わりに、並木の携帯電話の番号を教えてくれた。

そこで、十津川は、すぐ、その番号にかけてみた。

なかなか、相手が出ない。三回目にかけて、やっと、並木が電話に出た。

社員が、資金繰りを心配して、かけてきたと思ったのか、

「心配するな。何とか、金を借りられたから今日中に帰る」

と、怒鳴った。

十津川が、笑いながら、名前を告げると、

「これは、これは。資金繰りの目鼻がついたので、今日中に、岩国に帰ろうと思っているのですが」

「他に用事がなければ、これから、会って貰えませんか？　お聞きしたいことがあったので」

「それは、沢田澄江さん関係のことですか？」

「その通りです」

「それなら、拒否は出来ませんね」

並木が、そんないい方をして、都内のホテルで会うことになった。

十津川が、先に着き、ロビーで待っていると、五、六分おくれて、並木が、やってきた。

少しばかり、疲れた感じの表情だった。

「資金繰りは、上手くいったんですか？」

と、十津川が、きくと、

「何とか、なりそうです」

と、いうが、明るい声ではなかった。

「岩日北線について、今まで書いたものを、まとめて、本にするそうですね？」

「とにかく、今や、地方路線は、全く、見向きもされません。赤字なら、廃止すれば
いいというわけですからね。私は逆にもっと、地方路線を増やせという考えなんで
す」

「だから、岩日北線も、開通しろというわけですね？」

「便利になれば、皆さん、乗るんですよ。錦川清流線だって、乗客が少ないのは、錦

町で止まってしまっているからです。山口線と連絡して、日本海側まで抜けるようになれば、間違いなく乗客は増えるんです」

「その本の中には、沢田澄江さんが殺された事件についても、書いてあるわけですね？」

と、十津川は、きいた。

「当然です。あの事件は、岩日北線問題が、核心にあるわけですからね。政治的な事件でもあるわけです」

「政治的な事件ですか？」

「そうですよ。周辺の地方選挙では、岩日北線が必要だと主張する候補と、必要ないという候補がいますからね」

と、並木が、いう。

「沢田澄江を殺したのは誰かという、そこまではっきり書くつもりだということですか？」

と、十津川が、きいた。

「もちろんです。そいつが岩日北線の開業に反対して、新幹線の中で沢田澄江さんを殺したに違いないんですから。そのことをはっきり書かなければ、今この時点で、私が本を出す意味がありませんからね」

と、並木がいった。

「本にする文章の内容には、自信があるのですか？」

「もちろん、ありますよ」

「しかし、もし間違っていたら、大変なことになりますよ。相手から告訴されてしまいますよ」

と、十津川が、いった。

「わかっています。その時は、その時で、逃げも隠れもせず、堂々と受けて立ちますよ。沢田澄江さんの仇を討ちたいんです。彼女くらい、純粋に、岩日北線の開通を願っていた人は、いませんからね」

と、並木は、いう。

「彼女を死に追いやった、犯人の名前も出すんですか？」

「出すつもりですよ。だから、非売品で、一万部作るんです」

と、並木が、いう。

（本気だろうか？）

もし、そんな本が出たら、相手は並木を告訴するだろう。告訴合戦になってしまう。

（しかし――）

とも、思った。沢田澄江殺しの犯人が、あぶり出せるかも知れない。

## 4

並木伸の本は、一ヶ月後に、自分の会社から、出版された。一万部、全て非売品で、「岩日北線」に関心がある人には、無料で配布すると、広告を出した。

「地方鉄道が地方を救う」

これが、本題で、副題は、

「岩日北線が関係する殺人事件の真相。誰が沢田澄江を殺したか」

になっていた。

本は、十津川のところにも、送られてきた。

本の中では、さすがに、沢田澄江殺しの犯人は、仮名になっていた。

しかし、事情を知る人間が読めば、河原崎社長と、わかる書き方なので、河原崎は、弁護士を使って、並木伸を、名誉毀損で告訴した。

当然、これが話題になり、テレビ局と、全国紙が、取りあげた。

並木は、おそらく、それを狙って本を出版することにしたのだろう。

テレビと、新聞の威力というのだろうか、小さなことが、明らかになっていく。

その一つは、東京の私立探偵・古川修のことである。テレビの取材を受けて、傭い主は、河原崎通信工業の社長で、依頼の目的は、殺された沢田澄江の異性関係だったと、あっさり喋った。古川は、こんな話をしていた。

「自分は、昔からの鉄道マニアで、錦川鉄道や、岩日北線計画が面白くて、河原崎社長からの調査依頼の方が、おろそかになってしまい、沢田澄江の事件の後、馘になってしまった」というのである。

この話が、本当かどうかは、わからない。

古川は、彼なりに、犯人をあぶり出そうとして、発言したのかも知れない。

東京の大手新聞の一つが、この本を取りあげ、著者の並木伸を呼んで、話を聞いたが、質問は、やはり、河原崎社長のことだった。

「この本を読んだ人の多くが、沢田澄江さん殺害の犯人は河原崎通信工業の河原崎社長と、考えてしまうといわれています。しかし、河原崎通信工業といえば、ベンチャー企業として成功し、今や、株式も、一部に上場している優良企業です。並木さん自身は、この会社の河原崎社長が、犯人と確信しているわけですか？」

と、記者がきいた。それに対する並木の答えは、次のようなものだった。

「私は、その本で、事実だけを書きました。その捜査は、警察の役目ですから、そちらに、聞いてください」

一方テレビの方は、もっと、具体的だった。

河原崎社長よりも、元女優で、出演した映画が五本ある沢田澄江の方を、しばしば、取りあげた。

大学時代にスカウトされ、最初の出演映画で、新人賞を手にしたことや、他の四本の映画についても、主要場面の映像を流しながら、どんな女優だったかを、紹介した。

そして、今から二十五年前に、突然、女優を辞めた原因が、自ら起こした交通事故だったのではないか、とも放送された。

甲州街道で起こした事故である。

今のように、防犯カメラは無かったが、当時道路の両側には、マンションやビルが並んでいた。

その建物の一つから、この事故を写真に撮った人間が、いたのである。

十津川も見たことのない写真だった。

その写真が、テレビに映し出され、写真を撮った男も登場して、説明した。

「偶然ですよ。ベランダに出たら、事故を起こした車が、停まっていたんです」

と、二十五年前の事故について、証言している。軽い接触事故のようだったし、当時は、有名人が起こした事故だとは気づかなかったという。

その写真に、十津川は、ショックを受けた。

停車している車は、外車だった。

沢田澄江と、河原崎の二人が写っている。

しかし、運転席で、ハンドルに手を置いているのは、河原崎だった。

沢田澄江の方は、運転席のドアの横に立っているのだ。

二十五年前には、沢田澄江が運転していて、事故を起こしたことになっている。

事故そのものは、小さなものだった。自転車と接触し、乗っていた老人は、救急車で病院に運ばれたが、怪我は軽く、すぐ退院している。

だが、沢田澄江は、事故の責任を取るかのように、芸能界から引退してしまったのである。

ところが、運転していたのが、彼女ではなく、河原崎だったとしたら、話は違ってくる。

当然、この写真を取りあげたテレビ局は、河原崎をつかまえて、詰問した。

それに対する河原崎の答えは、あいまいなものだった。

「二十五年も前のことですから、くわしいことは、忘れました」

と、いうのである。

テレビの方は、もちろん執拗に迫っていく。

「この写真を見ると、あなたが、車を運転していたと思うのですが」

「しかし、あの時は、交代で、運転していましたから」

と、河原崎が、逃げる。

河原崎は、二十五年前のことで、よく覚えていないで、押し通した。

結局、それ以上に、事件は大きくならなかった。

テレビ的には、興味のある事故なのだが、沢田澄江は、すでに亡くなっているし、事件そのものは、すでに時効となっていたからである。

しかし、警察は、このテレビ報道を受けて、急遽、捜査会議を開いた。

十津川たちから見れば、二十五年前の事件でも、現在の捜査に、影響してくるからである。

そのことをまず、十津川が、口にした。

「二十五年前の小さな事故ですが、運転手が、沢田澄江か、河原崎かで、現在の捜査に大きく影響します。なぜ、河原崎が女優を辞めた沢田澄江を、経済的に援助していたのか、その答えが、見つかるからです。

二十五年前の交通事故で、運転していたのは、河原崎とわかりました。彼は当時、ベンチャー企業を起こして、成功しかけていました。そんな時、小さな傷でも、影響する。そこで、事故を起こした時、運転していたのは、沢田澄江だということにしたかったのです。それで、どんなことでもするから、と彼女に頼んだんだと思います。われわれは、あまりにもありふれたストーリイだと思いこみ、実際、当時の担当刑事や被害者の遺族に会い、運転手は、沢田澄江だと聞きました。しかし、それは事実ではなかったのです。頼まれた彼女の方は、これは想像ですが、女優という仕事に疲れていて、そろそろ辞めたいと思っていたんじゃないかと思うのです。そして、岩日北線の運動に、力を注ぎたかった。だから、河原崎の願いを聞き入れて、自分が運転していたことにした。

それ以来二十五年間、河原崎は、彼女に対して、一年に一億円の、経済援助を続けてきたのです。彼女は女優を辞めたあと、地元や錦川鉄道に大金を寄付することを続け、夫が亡くなると、旅行作家みたいなこともやって、本も出したということですが、それも金のかかる自費出版です。さらに、高級マンションに住み、ぜいたくな生活をしてきました。全て、河原崎社長の援助だった筈です。

しかし、だんだん河原崎は、それが、バカらしくなってきた。小さな交通事故のために、二十五年間も援助を続けてきたんですから。その援助を打ち切りたくなって、彼女のことを東京の私立探偵に調べさせたりしていましたが、とうとう我慢しきれなくなって、人に頼んで沢田澄江を、新幹線の中で、殺してしまった。これが、今のところ、もっとも、合理的な説明だと思っています」

この説明に対して、三上本部長が、質問した。

「今まで、我慢していたのに、何故、突然、新幹線の中で、沢田澄江を殺させたのかね？」

「沢田澄江は、岩日北線の開通運動に、力を注いでいました。それは、並木伸という鉄道評論家に、共感していた部分が大きいのです。五月にも、彼女は、岩国に行きました。河原崎にしてみれば、また並木に、多額の資金援助を約束してくるのではないか、そうなれば、自分に要求してくるだろう、そう思ってもう我慢が出来なくなり、新幹線の中で、彼女を殺させたんだと考えます」

と、十津川は、答えた。

「それで、これから、どう捜査するつもりかね？」

「取りあえず、河原崎本人を呼んで、話を聞きます」

と、十津川は、いった。

その翌日、河原崎社長を、呼んだ。

彼は、弁護士同行で、捜査本部に現れた。

「テレビに登場した二十五年前の写真には、びっくりしたんじゃありませんか？」

と、十津川は、まずきいた。

案の定、河原崎は、露骨に嫌そうな表情になり、

「もう二十五年前のことなので、はっきり覚えていないのですよ」

と、いった。

「しかし、テレビ局が公表した写真を見ると、あなたが運転しているように見えるんですがね？」

十津川が、更にきくと、弁護士が、

「答えたくなければ、答えなくていいですよ。すでに時効になっている事件ですから」

と、助言した。

河原崎は、「いや」と、小さく首を振って、

「とにかく、二十五年前のことなので、覚えていないのですよ」

と、十津川に向かって、いった。

「本当に覚えていないんですか？」

「特に、最近は、物忘れが激しいんです。年齢《とし》ですかね」

と、いって、河原崎は、やっと笑った。

「あなたと、沢田澄江さんの関係ですが、最初は大学で同級だったんですね？」

「そうです。東京のN大です」

「その頃の澄江さんは、どんな感じでしたか？」

「とにかく、美人でしたよ。学生時代に、スカウトされて、映画に出て、新人賞を貰ったくらいですから」

「あなたの方は、どんな学生だったんですか？」

「卒業したら、ベンチャービジネスを起業してやろうと思っていました」

「卒業後、沢田澄江さんとは、どんな形で、親しくなったんですか？」

「私は、ベンチャービジネスを成功させようと夢中だったし、彼女の方は、女優を続け映画に出ていたので、付き合いは、全くありませんでした。その後数年して、私の方は、事業が軌道に乗ってきて、うちの宣伝モデルとして、彼女に出て貰おうと思って、こちらから連絡しました」

「それで、出て貰ったんですか？」

「二度出て貰いました」

「それだけですか？」

「専属契約をしているので、出演するしないに拘わらず、専属契約料は、払っていました」

「いくらですか？」

「現役の女優さんですから、一年に一千万円は、払っていましたよ」

「一千万円もですか？」

「高いとは、思いません。何しろ、うちのモデルとして、専属になって貰ったんですから」

「そのうちに、あの事故になったということなんですね？」

「そうです」

「事故のあとも、専属契約は、続いていたんですか？」

「はい」

「女優ではなくなっていてもですか？」

「美しさに変りは、ありませんでしたからね」

「専属料以外にも、多額な金を、彼女に払っていたんじゃありませんか？」

「彼女は、女優を辞めた後、地元の岩日北線の開通運動をやっていて、その運動資金を援助していましたよ。彼女の熱意はすごかったですから」

「それが、一年で一億円ですか？　運動資金の援助ではなく、二十五年前の事故の、身代わりの報酬じゃないのですか？」

弁護士が、何か言うより早く、河原崎は、

「答えたくありません」

と、いった。

十津川は、それ以上、食い下がらず、

「資金援助をもう、やめたいと思ったことはなかったんですか？」

「そういうことは、全くありませんでしたね」

「どうしてですか？」

「私自身、彼女の故郷に、岩日北線が開通するのは賛成でしたから」

「しかし、あなたは、東京の私立探偵を傭って、彼女の異性関係を、調べさせたんですね。彼女を信頼しているのなら、なぜ、私立探偵に調べさせたんですか？」

「異性関係を調べるために、私立探偵を傭ったわけじゃありませんよ」

「では、何のために、傭ったんですか？」

「彼女は、岩日北線開通運動をやっていました。かなり激しい運動ですよ。それで、心配になったんで、敵はいないか、危ないことはないかを調べて貰っていたんです。これは前も言いましたが、本当です」

「並木伸さんのことですが」

と、十津川がいうと、河原崎は、小さく手を振って、

「並木さんのことを聞かれても、答えられません。彼について、私は、何も知りませんから」

と、いった。

「じゃあ、他の質問をしましょう。沢田澄江さんから、お土産に、佐々木小次郎の人形を貰ったことが、ありますか？」

と、十津川は、質問を変えた。

河原崎は、不機嫌な表情のまま、

「貰ったことがありますよ。あれは、岩国のお土産で、彼女は、佐々木小次郎のファンだったんです」

「なぜ、佐々木小次郎が好きなのか、その理由をあなたに言ったことがありますか？」

「さあ。確か、敗者のサムライが好きだといっていましたね」

「彼女が、東京で住んでいた高層マンションの部屋が、放火で、焼けてしまったんですが、知っていますか？」

「もちろん、知っています」

「誰が、何のために、放火したか、見当はつきますか？」

「いえ、全くわかりません」

「あのマンションは、あなたが買って差しあげたものですか？」

「答えたくありません」

そういって、河原崎は、急に黙ってしまった。

（そろそろ、事件の解決は近いな）

と、十津川は、思った。

# 第七章　二十五年の秘密

## 1

十津川は、今回の事件の経緯を、今一度、頭の中でまとめてみた。

並木伸についても、新しい情報が、集まってきていた。

まず、五月十二日に、広島発東京行の新幹線「のぞみ」のグリーン車の車内で、沢田澄江という六十五歳の女性が、死んでいたことで、始まった。

二十五年前まで、女優だった人物で、現在、東京に住みながら、郷里島根に、岩国と、山口線の日原を結ぶ岩日北線の開業を、実現させようとしていた。

現在、これという職業についていない澄江は、なぜか経済的に恵まれていて、生まれた島根県日原の町に、年一回多額の寄付をしたりしていた。

その金の出所を追っていくと、澄江と大学の同級生で、河原崎通信工業の社長、河原崎誠に、行きついた。

河原崎は、昔から、彼女が好きで、今もその気持ちが変わらないから、喜んで、資金援助をしているという。

しかし、河原崎を調べていくと、二十五年前、新宿近くの甲州街道で、交通事故を起こしていることが、わかった。

沢田澄江の車で、河原崎が運転し、事故を起こした。澄江は、その事故を機に、女優を辞めている。

一方、河原崎の会社は、成功し、大きくなっていった。交通事故の時、運転していたのが、沢田澄江ではなく、河原崎だったと判断されていたら、彼の会社は、今のように、大きくなっただろうか？

それはわからないが、事故の時、澄江が、自分が運転していたと言ってくれたことが、河原崎の救いになったことは、間違いない。

これは、河原崎にとって、大きな借りになっただろう。

だから、河原崎は、毎年、多額の金を澄江に渡していた。これが、事実なら、彼女が好きだからという話には、疑いがある。あからさまにいえば、口止めの金ということになってくる。

河原崎は、長い間、口止め料として多額の金を払い続けてきた。多分、それが、嫌になったのだ。

それに、澄江が、金を何に使っているのかも気になって、私立探偵・古川修に、調べさせたのではないか。

私立探偵は、澄江が岩日北線開業を、今も目ざして、多額の献金をしていることを河原崎に報告した。そして、寄付の額が、予想をはるかに超えていることを知って河原崎は、大金を彼女に払うことに腹が立ったのではないか。

もともと、口止めに、毎年、大金を払っていたことにも、我慢がならなくて、澄江を殺すことを考え、実行した。

犯行に及んだ五月にも、澄江は、相変らず、岩日北線開業の夢に、大金を献金していたから、河原崎にとっては、我慢の限界だったのかも知れない。

もちろん、河原崎本人が、殺人を実行したとは思えない。金で傭った男に、殺人を依頼したに違いない。

その男は、東京に帰る沢田澄江と同じ列車の、同じグリーン車の隣の座席に腰を下ろし、青酸入りの缶ジュースを飲ませるかして、殺したと思われる。警戒しないで、飲んだことを考えれば、この男と澄江は親しかったか、或いは、親しい人間に紹介されたのだろう。

こう考えてくると、この殺人事件の犯人は、河原崎社長に、思える。

「大学時代からの友人としても、一年に一億円もの資金援助は、異常としか考えられない。本当の理由は、何ですか？」

この質問に対して、最初は、答えなかったが、容疑が、濃くなってからは、

「大学時代から、好意を持っていて、今も、その気持ちは、変っていない。それに私も、岩日北線は、必要と考えているので、彼女を援助するのは、嬉しいんです」

と、はっきり、いうようになった。

そこで、十津川は、二十五年前の交通事故について、疑問をぶつけた。

「あの事故で、車を運転していたのは、あなたではなく、沢田澄江ということで、彼女は、女優を辞めています。しかし、本当は、あなたが運転して、事故を起こしたが、彼女が身代わりになったんじゃありませんか？　おかげで、あなたの会社は成功し、大きくなった。それがあるので、毎年、一億円もの援助をしてきたんじゃありませんか？」

しかし、河原崎は、こう答えた。

「私と彼女は、交代しながら運転していましたが、あの事故の時、運転していたのは、

澄江さんでした」

十津川は、沢田澄江の金遣いについても聞いた。特に、彼女が、しばしば、大金を欺し取られたり、奪われたりしていることについてである。

「あれは、あなたが、お金の使い方について気にしているので、彼女がわざと、あんな噂を立てたと考えているんですが、何か心当たりはありますか？」

「いや、私が用立てたお金について、あれこれ言ったことは、一度もありません」

「しかし、東京の古川修という私立探偵を傭って、沢田澄江のことを、いろいろ調べたんじゃありませんか？」

「確かに、私立探偵を傭って、彼女のことを調べさせました。あれは、最近、彼女が、耳が遠くなって、補聴器を使うようになったということもあり、心配になって、見守って貰う意味もあったのです。彼女は、身体の調子について、私に心配をかけまいと、本当のことを、言ってくれないからです。普段から、耳が悪いことは、隠すようにしていました」

と、河原崎は、いった。

もっともらしく、聞こえたが、ここにきて、二十五年前の交通事故について、一枚の写真が、出てきた。

問題の事故の時、現場近くに住む人が、撮った写真である。

事故直後に撮られた写真の、運転席には、河原崎が、車の外には、澄江が写っていたのである。

つまり、事故の時、運転していたのは、河原崎で、その頃、成長しつつあった会社のために、運転していたのは、沢田澄江ということにして貰ったことになってくる。

河原崎は、嘘をついているのだ。

こうなると、河原崎の証言全体が、信用できなくなる。

十津川は、島根県警と話し合って、河原崎誠の逮捕状を取ろうとしたが、新事実が現われた。

並木伸の離婚である。

## 2

並木は、年齢七十五歳。澄江や河原崎より十歳年長である。

澄江は、三十年前から、岩日北線開業に熱心で、その工事が中断された今も、開業に向けて、熱心に運動をしていた。

その運動の根拠として、彼女が、日原の生まれということがあることは、間違いない。

しかし、島根県警の調べで、並木伸の名前が出てきた。

並木は、岩国で、社員三人の小さな出版社をやっていて、ここで出している雑誌で、岩国発の「錦川清流線」を、山口線まで通すこと、つまり岩日北線の全線開通を主張、そうなれば、山陽と山陰がつながって、いっきに開けてくると、三十年前から、雑誌に延々と、書いている男である。

沢田澄江は、その主張に感動した。自分の生まれたのが日原で、岩国と、日原をつなげば、並木の言うように、山陽と山陰が結ばれるのである。

そのため、澄江は、並木の運動にも、献金するようになっていた。そこに、男女の感情が入っていたかは不明だ。

ただ、十年前、並木が六十五歳の時、長年連れ添ってきた、妻と離婚している。

澄江が、五十五歳の時である。澄江の夫が亡くなった頃だが、結局、二人は結ばれなかった。

離婚した並木の元妻に聞いてみると、

「あの頃、女優の頃の彼女の写真を大事そうに持っていたんで、腹が立ちましてね。

だから喜んで、離婚届に、判を押してやりましたよ」

と、いう。

「しかし、結局、並木さんは、沢田澄江さんのご主人が亡くなっても、結婚しませんでしたね」

「そうなんですよ。どうしたんですかねえ。いざとなったら、振られたんじゃないですか」

と、いって、笑った。

以前に会って話した時の並木のふるえは、原口警部の言った通り、澄江への愛情の現われだったのだろう。

3

そこで、十津川は、笹崎刑事に上京してもらって、もう一度、河原崎に会った。

「これまで、並木伸について聞いても、あなたは、名前は知っているが、会ったことはないと、いわれましたね？」

と、きくと、

「その通り。だから、ありのまま答えたんですよ」

「しかし、こちらで調べたところ、この並木伸と、沢田澄江は、親しくしていて、並木伸は、彼女と、結婚したくて、長年連れ添ってきた奥さんと、離婚しています。それも、ご存じなかったんですか？」

と、笹崎刑事が、きいた。

一瞬の間があった。

（ああ、やはり知っていたんだ）

と、十津川は、感じた。

「知りませんよ。彼女も、そんな話はしていませんから」

河原崎は、否定した。

しかし、彼が、嘘をついているという十津川の思いは、強くなった。

島根県警を含めての捜査会議が、東京で、行われた。

そこで、十津川は、断定的に話した。

「今回の事件の発端は、二十五年前に、新宿近くの甲州街道で起きた交通事故だと、思っています。その時、車を運転していたのは、沢田澄江で、彼女は、女優を辞めました。その後、同乗していた河原崎誠は、無職になった澄江のために、東京に、高級マンションを買い与えたり、一年に一億円の援助をしてきました。その理由について、はっきりと話しませんが、河原崎は、昔から彼女が好きだったことは認めています。しかし、それにしても、その額が、大きすぎて、われわれは、疑惑の眼を向けていたのですが、ここにきて、二十五年前の交通事故を撮った写真が出てきました。事故直後に、現場近くにいた人が撮った写真です。その写真には、運転席に座っている河原崎誠が写っているのです。二十五年前の交通事故は、沢田澄江が起こしたのではなく、河原崎誠が起こした事故だったわけです。その罪を沢田澄江に押しつけ、その口止めに、毎年一億円を払っていた。沢田澄江をはさんで、河原崎の他に、並木伸という男も、出てきましたが、これといった殺人の動機は、つかめていません。その点、交通事故の方は、動機としては、納得できるものを、持っています」

「しかし、二十五年も前だろう。事故を起こしたのが、沢田澄江ではなくて、河原崎誠だとしても、もう、時効になっているんじゃないか？」

と、三上本部長が、首をかしげた。

「その通りですが、逆に考えれば、二十五年間もということになります。交通事故の責任を、沢田澄江に押しつけた代わりに、二十五年間も彼女に、援助し続けたのです。一年に一億円もです。多分、それが嫌になったんだと思います」

「しかし、河原崎誠本人が、新幹線の中で、沢田澄江を殺したとは、思わんのだろう？」

「その通りです。河原崎が金で傭った男だと思っています」

「それを見つける自信は、あるのか？」

「名前は、浅沼一郎です」

「どうして、その男なんだ？」

「この男は、K銀行等々力支店の沢田澄江の口座から、二億円を引き出しています。そして、彼女が、新幹線のぞみで殺された時、隣の座席にいた男で、車掌の証言と、K銀行の行員の証言で、同一人物と思われます」

と、十津川は、いった。

「見つかりそうなのか？」

「どうも、沢田澄江の知り合いと思えますので、島根県警にも、協力して貰い、探していています。澄江と、河原崎の両方と知り合いと思えるので、間もなく、見つかると思います」

と、十津川が、いった。

「男女関係のもつれからの殺人の線は、全く、消えたのか？」

と、三上がきいた。

「いや。男と女の問題もあります。何しろ沢田澄江は、大学生の頃から、映画に出演した美人女優ですから、河原崎誠も、並木伸も、彼女が好きだったことは、間違いないと思います。並木は、六十五歳の時、長年連れ添った妻と離婚しています。多分、五十五歳の沢田澄江と再婚したかったんだと思います。河原崎は、これも離婚していますが、その裏には、沢田澄江がいたからだと思います」

と、十津川が、いった。

この捜査会議のあと、警視庁と、島根県警の狙いは「浅沼一郎」の発見と、逮捕になった。

この時、十津川が、不安だったのは、浅沼一郎の手がかりが、似顔絵しかないということだった。K銀行世田谷支店に、浅沼一郎の名前で、口座を作り、沢田澄江の預金二億を下ろして持ち去った男がいたのだが、浅沼一郎を追っていくと、その名前の別人が、存在したのである。

## 4

一週間後、驚いたことに、その「浅沼一郎」が、警視庁に、自首してきたのだ。

十津川が驚いたのは、浅沼一郎に、沢田澄江殺しの容疑がかかっていたからである。殺人容疑だから、当然、本人もそれを知っていて、逃げ回るだろうと、思っていたのだ。

取調室で、十津川と亀井が、訊問を始めようとすると、相手は、いきなり、

「その前に、私の本名は、浅沼一郎ではありません。桂木洋です。浅沼一郎は、友人で、彼は、ある日姿を消してしまい、死体が見つからないので、私は、都合に合わせて、桂木洋になったり、浅沼一郎になったりしてきたんです」

と、いう。

「では、新幹線のグリーン車で、沢田澄江を殺した理由を話せ」

と、十津川がいうと、相手は、なぜか笑って、

「私は、殺していませんよ」

と、いった。

「バカなことをいうな。君は、隣の座席に座り、青酸入りの缶ジュースか何かを、彼女にすすめて、殺しているんだ。車掌が、君を見ている」

「確かに、私は、彼女と一緒に広島で『のぞみ』のグリーン車に乗りました。が、その時、見送りに来た男に、缶ジュースを二本渡されて、新幹線の中で、飲みなさいといわれたんです。その缶ジュースを、先に飲んだ沢田澄江さんが、死んでしまったんですよ。それを見て、私は、自分が犯人にされると思い怖くて、途中で、降りてしまったのです」

「本当か？」

「本当ですよ」

「君の分の缶ジュースは、どうしたんだ？」

「あわてて、捨てましたよ」

「何処でだ？」

「新横浜駅の屑入れの中です」

「どうして、車掌か駅員に、話さなかったんだ？」

「そんなことしたら、私が、捕まってしまう」

「新横浜駅の屑入れに捨てたんだな？」

「そうですよ」

と、肯く。

亀井刑事が、取調室を出て、新横浜駅に、電話した。

すぐ、取調室に戻って、十津川に、

「新横浜駅では、死亡事故や、青酸カリを使った事件は、起きていないといっています。それに屑入れの中のジュース缶は、そのまま、廃棄処分に廻しているそうです」

と、いった。

十津川は、改めて、

「君は、命拾いしたな。君の話が、本当ならばだ」

「私の缶ジュースにも、青酸カリが、入っていたんですか？」

「他に考えようはないね。君に、缶ジュース二本を渡したのは、誰なんだ？」

「河原崎社長ですよ」

「間違いないな？」

「こんなことで、嘘をいっても仕方がないでしょう」

「なぜ、今まで、黙っていたんだ？」

「怖かったからですよ。それに、名乗って出たら、自分が犯人にされるなと、思ったんですよ」

「河原崎とは、どんな関係なんだ？」

「昔、彼の会社で働いていたんです。経理の仕事をやってたんですが、使い込みをやりましてね。てっきり会社に告発されると思ったんですが、河原崎社長に呼ばれましてね。告発しないから、その代わりに、私の個人的な仕事をやらないかといわれたんです。それで、二つの名前を、使うようになりました。その方が裏の仕事をやるのに、便利ですから」

「沢田澄江とのつき合いもあったんじゃないか？」

「私の傭主は、あくまでも、河原崎社長です。沢田澄江のために、働いたこともありますが、全て河原崎社長の命令です」

「例えば、どんなことだ？」

「K銀行等々力支店にあった沢田澄江の預金二億円を下ろした時です。彼女の預金のほとんどは、河原崎社長が、贈ったものですが、それを彼女は、下ろして使いたがっていたが、河原崎社長が気を悪くするかも知れないので、迷っていた。しかし、結局、私が、全額下ろしてしまうことにしたんです。あれは、河原崎社長も知ってたんです」

「君は、並木伸とも、つながっているのか？」

「いや、それはありません。彼とつき合っても、金になりませんから」

と、相手は笑った。

「君は、二人の名前を、使っているんだろう。今、私の前にいるのは、浅沼一郎と桂木洋のどっちなんだ？」

「どちらでも、都合のいい方でいいですよ」

「それなら、浅沼一郎として、話を聞こう。今回の事件では、浅沼一郎の方が、実在しているからな。確認したいが、五月十二日、16時53分東京着の『のぞみ』のグリーン車で、青酸死した沢田澄江に、車内で飲むようにといって、青酸入りの缶ジュース二本を君に渡したのは、河原崎誠に、間違いないんだな？」

「間違いありませんよ。見送りに来たのは、河原崎社長一人です」

と、浅沼は、いった。

「その時、河原崎が君に、二本の缶ジュースを渡して、新幹線の中で飲みなさいと、いったんだな？」

「そうです」

「駅の構内に、自販機があるが、そこで買ったものでないことは、はっきりしているのか？」

「突然、ポケットから取り出して、渡されましたから、駅の自販機で買ったところは、見てませんよ」

「沢田澄江と、河原崎の様子は、どうだったかね？　仲が良さそうだったかね？　それとも、険悪に見えたかね？」

「仲は良さそうに見えましたよ。沢田澄江の方は、秋にもう一度来たいみたいなことを、言っていたのを覚えています」

と、浅沼はいった。

十津川は、河原崎を捜査本部に呼んだ。彼に会うのは、これで何度目になるだろうか。

河原崎の会社は、業績をあげているのに、社長の方は、元気が無かった。それでも、聞くべきことは、聞かなければならない。

十津川は、まず二十五年前の写真を、見せることから始めた。

「これは、二十五年前に、あなたと沢田澄江さんが乗った車が、甲州街道の新宿近くで、事故を起こした時のものです。近くの建物から撮ったもので、撮影者は、事故の直後に撮ったと言っています。ご覧のように、運転席にいるのは、澄江さんではなくて、あなたですよ」

十津川がいうと、河原崎は、じっと、写真を見ていたが、

「二十五年も昔の話です」

と、いう。

そのいい方に、十津川は、腹が立った。

「その二十五年後に、沢田澄江さんは殺されているんですよ。われわれは、殺人の動機は二十五年前のこの事故だと思っているんです」

「それは間違いですよ」

「間違い？」

「そうです」

「間違いは、この時、あなたが、運転していたのに、運転していたのは、沢田澄江ということにして、責任を彼女に押しつけたことですよ。あなたは、自分が起ちあげたベンチャー企業を守るために、運転していたのは、彼女だということにした」

「もう、いいでしょう。二十五年も前のことですから」

「これは、殺人事件ですよ。あなたが事故の責任を彼女に押しつけ、彼女は女優を辞めた。その代わりにあなたは毎年一億円の口止め料を払い続けた。ここにきてそれが

バカらしくなった。だから、青酸入りの缶ジュースで彼女を殺した」

「そんなバカなことはしませんよ」

「それでは、五月十二日には、何処にいました?」

「それが何か意味でもあるんですか?」

「この日、沢田澄江は、広島から広島発東京行の新幹線、『のぞみ』一三〇号に乗っているんですよ。そして、東京に着いた時は、死んでいたんです」

「それは知っています」

「浅沼一郎という男を、知っていますね?」

「知っていますよ」

「どんな風に知っているんですか?」

「沢田澄江が、便利屋みたいに使っていましたからね。どうしても、岩国方面で動ける人物が、必要だったんでしょう。私は、金でどうにでも動く男だから注意するように、彼女にいっていたんですがね」

「彼の証言によると五月十二日、彼は広島から問題の『のぞみ』一三〇号に、彼女と乗った。広島駅まであなたが見送りに来て、缶ジュース二本を渡して、車中で飲みなさいと、言ったと証言しているんです。途中で、その一本を沢田澄江が飲んで、死んだとも証言していますよ」

「でたらめですよ。私は、その日、東京にいたんだから」

と、河原崎は主張した。が、十津川は笑って、

「嘘は困りますね。われわれは、この日のあなたのアリバイを調べて、東京にいなかったことは、わかっているんです。あなたは前日の夜、新幹線で広島に、というか、岩国に向かっている。東京に帰ってきたのは、五月十三日の朝で、この時すでに、沢田澄江は、死んでいるんです」

「弱ったな」

と、河原崎は、いう。

「正直に話してくれれば、いいんです。嘘ばかり言ってると、ますます自分の立場を悪くしますよ」

「正直に言います。あの時は、前日に、岩国にいる沢田澄江に呼ばれたので、急いで、岩国に行ったんです。彼女は気まぐれなところがあるんです」

「当日、広島駅に、帰京する彼女を見送りに行ったんじゃありませんか？」

「いや、岩国に、うちの小さな営業所があるんで、久しぶりに、所長と、市内で、飲みましたよ」

「それは、何時ですか？」

「午後七時頃からだったかな」

「では、彼女の乗ったのぞみ一三〇号が、広島を発車する時刻には、広島駅に、ゆっくり行けたわけですね？　この列車は12時53分広島発だから」

「でも、行っていませんよ」

「どうしてです？　大学時代からのつき合いで、今も彼女が好きなんでしょう？」

十津川が、いうと、河原崎は、

「だからといって、年中、つきまとっていたら、嫌われますよ。あの日は、一緒に東京に帰る人がいると聞いたので、遠慮したんです」

「彼女が電話で、言ってきたんですか？」

「まあ、そうです」

「浅沼一郎と一緒に新幹線で帰ると、言ってきたんですか？」

と、十津川が、きくと、河原崎はこんな返事をした。

「合図があったんです」

「合図って、何ですか？」

「いいじゃありませんか。もう彼女は、死んでしまったんですから」

「彼女を殺した人間に心当たりはありますか？」

と、十津川は最後にきいた。

「わかりません」

と、河原崎は、いう。

5

十津川は、島根県警と話し合ったあと、一つの結論を出し、河原崎誠を沢田澄江殺しの容疑で、逮捕した。

河原崎は、抵抗しなかったが、代わりに、佐々木小次郎の人形を拘置所に持って行きたいといった。

十津川は、この奇妙な要求を、三上本部長に頼んで、許可して貰うことにした。

「人形を調べましたが岩国で普通に売っている土産品で何も入っていません」

と、十津川は、三上にいった。

「君は、何故、許可する気になったんだ？」

「殺された沢田澄江も、佐々木小次郎が好きで、その人形を買っていたんです。六十五歳の男女が、なぜ、佐々木小次郎の人形が好きなのか、気になっているので」

「佐々木小次郎は、岩国の英雄だろう。だからじゃないのか」

「どうも、それだけではないような気がするんです」

と、十津川はいった。

彼は、勾留中の河原崎に、佐々木小次郎の人形を渡して、観察した。その結果を三上本部長に、報告した。

問題の人形を、三上に見せながら、

「ごらんのように、この人形は、刀を持っています」

「それは当然だろう。佐々木小次郎は、剣豪で、燕返しという秘剣を発見したといわれているんだから」

「その剣は、外せるんです」

「うちの五月人形も、剣は抜けるよ。それが、どうしたんだ？」

「河原崎と、澄江は、この人形を二人の間の合図に使っていたようなのです」

「何の合図だ？」

「二人は、大学時代からの知り合いです。その後、澄江は、女優になり、河原崎は会社社長になりました。河原崎は、二回結婚しましたが、離婚しています。二人の関係は、ずっと続いていたからだと思うのです。澄江の方も、結婚する前の女優時代も、つき合った男はいたと思うのです。ですから、二人の関係は、公にできなかったのです。そこで、この人形を合図に使っていた。刀を持つ人形の場合は危険。刀を持っていなければ、今は会っても大丈夫の合図です」

更に十津川は、河原崎から押収したスマホを、三上に見せて、

「このスマホの『沢田澄江』を押すと、ご覧のように、佐々木小次郎の写真が現われるんです。しかも、その人形は、刀を持っていたり、持っていなかったりします。刀を持っている時は、今は会えないの合図、持っていなければ、今は大丈夫だから会いに来てくれの合図だったと思うのです」

「しかし、だからといって、河原崎が犯人か犯人ではないかという証拠にはならんだろう？」

「その通りです。次に私が気になったのは、彼女のマンションが、放火で焼けてしまったことです。しかも、彼女が、殺されたあとにです」

「それで、君は、何をいいたいんだ？」

「あのマンションにも、この人形が置かれていたのです。窓際に置けば、遠くから、望遠鏡を使って、その人形が見える。刀を持っていたら、今、部屋に客がいるから会

ない。刀を持っていなかったら、安心だから会いに来てくれの合図です。スマホと同じです」

「だから、君は何をいいたいんだ？」

「澄江に好意を持つ、河原崎以外の男が、この人形による合図のことを知れば、カッとなって、マンションに、火をつけるかも知れません」

と、十津川は、いった。

「それは、誰だ？」

「並木伸です。並木は河原崎のことは、もちろん知っていた。そして、最近になって、澄江のスマホを盗み見して、二人だけの合図に気付いたのです。もしかしたら、澄江本人を問い詰めて、聞いたかも知れません」

「しかし、彼は昔から、岩日北線開業論者で、沢田澄江も、並木の主張に感動して資金援助をしていたんじゃないのか」

「しかし男の主張に賛成するのと、男として好きになるのとは別だと思います」

「並木伸の方は、十年前に、長年連れ添った奥さんと、突然離婚していたな？」

「そうです。明らかに、沢田澄江と再婚するつもりだったと思います。よくある男の錯覚です。尊敬されているのを、好かれていると錯覚した。しかし奥さんと別れてからそれに気付いたんだと思います。自尊心が傷ついて、沢田澄江を殺し、河原崎を犯人に仕立てようとしたのではないかと」

「自尊心か」

「ああいう人間の最大の欠点です」

「それと佐々木小次郎の人形とはどう関係してくるんだ？」

「並木は、気性の激しい男です。かつて人妻と、心中を図ったこともあります。殺したあとも、並木はどうしても、この人形による合図のことが、頭から離れない。更に、自尊心が傷ついたんだと思います。彼女が本当に好きだったのは、河原崎で、自分ではなかったと思い知らされたからでしょう。そこで、彼女のマンションにも、彼女と河原崎二人だけの合図の人形があると思って、放火したんです」

と、十津川は、いった。

「それでは、犯人は、河原崎ではなく、並木伸か？」

「そうですが、二十五年前の事故の写真があります。あの写真を片付ける必要があります」

「片付けられそうか？」

「わかりません。あの写真は、偶然、撮られたもので、全く、細工はされていないので、慎重に、考える必要があります」

と、十津川は、いった。

もう一度、十津川は、事故直後の写真を、丁寧に、調べることにした。

テレビで公開された写真と違うものが、もう一枚あった。

写真を撮った男は、こちらの方が、テレビ局に貸したものよりもっと前、事故直後すぐに撮ったという。

運転席には、河原崎が座っていて、沢田澄江の姿はない。

この写真を見ても、河原崎が運転していて、自転車の老人をはねたように見える。

「この写真を撮ったあと、パトカーが来たと思うんですが、どのくらいたってからですか？」

と、十津川は、きいた。

写真を撮った男は、

「十分くらいたってからだったと思う」

と、いう。

「当然、救急車も呼んだと思いますが、どっちが先に着いたか、覚えていますか？」

「どうだろう、救急車が早かったかな」

「その間、自転車の老人は、道路の端に倒れていたんですか？」

「女の人が、声をかけていましたよ。そして、老人が救急車で運ばれてから、もう一枚の写真を撮ったのかな」

と、男が、いう。

（この写真に、沢田澄江が写っていないのは、車から降りて、はねた老人の傍にいたからなのだ）

と、わかった。

さらに、この時の車は、外車で、左ハンドルなのだ。

ちゃんと左側を走っていた自転車に、後ろから接触すれば、運転していた人間は、被害者に近いわけだから、すぐ、車から降りて、倒れた老人を助け起こせる。

（河原崎が、運転していたら、すぐ、飛び降りて、老人を助け起こすか、怪我がどの位か、みようとするだろう）

沢田澄江が、運転していたら、彼女が飛び降りて、老人を助けようとする筈だ。

（だから、彼女の姿が、写真に写っていないのは、当然なのだ）

（しかし、何故、河原崎は、運転席にいるのか？）

（彼が、事故の時、助手席にいたとしても、一緒に車から降りて、はねた老人を見に行くのが、自然ではないか？）

それが、何故、運転席に、座っていたのか？　何故、ハンドルを持っていたのか？

左ハンドルだったことを考えると、その時、車を、運転していたのが、河原崎だったとは、考えにくくなってきた。

運転していたのは、沢田澄江で、自転車の老人をはねると、運転席から飛び降りて、倒れた老人を助け起こしたと、考えるのが、自然に思えてきた。

しかし、何故、河原崎は、一緒に、老人を助けようとせず、運転席に座っていたのか？

一つだけ考えられるのは、パトカーが来た時、車を運転していたのは、自分だったことにしたかったからだということである。

しかし、結局、沢田澄江が、女優を辞めることになった。

多分、河原崎は、自分が運転していたことにしたかったのだが、沢田澄江は、正直に、自分が、運転していたと、警察に話したのだ。

はねた老人は、軽傷だった。が、有名女優の事故ということで、マスコミが騒ぎだす前に、澄江は引退した。しかし、それに悔いはなかったのだろう。

それでも、河原崎が、一年に一億円もの援助を続けたのは、自分が同乗しながら、事故を起こさせてしまったことに、責任を感じたのだろう。もしかしたら、事故の直前に、澄江に話しかけたり触れたことが、原因だったかも知れない。もちろん彼女を愛していたことも、あったに違いない。

十津川は、こうした自分の考えを、島根県警にも告げて、今度は、並木伸と、浅沼一郎に、捜査の重点を置いた。

河原崎を逮捕したまま、捜査をしたのは、二人を油断させるためだった。

それでも並木伸は、慎重に行動していたが、浅沼一郎の方が、ボロを出した。

彼は、河原崎の会社で、働いたことはなかったことが、わかったのである。元刑事で、警察を馘《くび》になり、興信所で働くことになったのだが、沢田澄江に傭われて、仕事をするようになった。

澄江としては、主として、岩国での窓口のような役目を、委せるつもりだったのだが、浅沼は、河原崎や、並木に、近づくようになった。

「二人の中で、並木の方が、金払いがよかった。といっても、その金は、殆ど、沢田澄江から引き出したもので、並木は、競艇とか、ギャンブルにも、かなりつぎ込んでいたな。それが、澄江にバレたんじゃないか。まあ、とにかく、彼女が何かと、岩国の方へ来る用事を、作ってやったよ。K銀行の二億円も、並木の命令だ。一緒に、銀行に行ったこともあった」

と、浅沼はいった。

それだけ、河原崎より、並木の方が、澄江との距離が、遠かったということだろう。だから浅沼一郎を、買収する必要があったことになる。

また、岩日北線開通の資金の使途を、沢田澄江に、問い詰められた可能性も、出てきた。

「地元では並木先生と呼ばれて、ボス的存在でしたよ」

と、浅沼が、十津川にいった。

「沢田澄江さんと、同じ、岩日北線開業運動をしていたので、並木先生は、彼女が自分を好きだと、錯覚したんじゃありませんか。頭のいい人が、よくやる錯覚ですよ。十年前には、彼女と一緒になろうと、奥さんと離婚しているんですから、彼女のことを心配すると、つい、カッとするんじゃありませんかね」

「事実を言って欲しい。五月十二日、広島駅に君と澄江さんを見送りに来ていたのは、河原崎じゃなくて、並木伸だったんだろう？　どうなんだ？」

「そうです」

「その時、彼女は、どうしていた？」

「しきりに、スマホにタッチしていましたね」

「つまり、誰かとスマホで、話していたということか？」

「いえ。声は、出していませんでした。だから誰かに、メールでも送っていたんだと思います」

「それなら、納得した。誰かに、というより、河原崎に、今は、広島駅に来るなと、合図していたんだよ。並木とはち合わせしてしまう」

「合図ですか。何となくわかります。並木先生みたいな人は、男女の仲で、愛のシグナルみたいなものが、沢田澄江さんとの間に無かったことに、猛烈な嫉妬を感じたんじゃありませんかね。逆に、私みたいな人間は、そんな子供っぽい愛情表現なんかは、笑ってしまいますがね」

「もう一度、確認するが、五月十二日の広島駅に君と沢田澄江を送りに来て、青酸入りの缶ジュース二本をくれたのは、並木伸なんだね？」

「その通りです」

「この調書に、署名、捺印してくれ」

「それで、どうなるんですか？」

「君を逮捕する。被害者の財布と、携帯電話も盗ったな」

「盗ってないし、警察に協力したのにですか？」

「情状酌量はするが、殺人幇助だよ」

と、十津川は、いった。この男が、本当に青酸カリ入りのジュースだと、知らなかったか、調べる必要があった。

そのあと、今度は、並木伸の逮捕状を取った。

殺人容疑である。

河原崎誠を釈放してから、十津川たちは、並木伸の逮捕状を持って、岩国に向かった。

岩国駅には、島根県警の原口警部と、笹崎刑事、それに地元岩国警察署の警部が待っていた。

駅の外に出ると、さまざまな場所に、並木伸の名前の書かれたポスターが、貼られていた。

鉄道なくして、地方の再生なし　並木伸

今、もっとも必要なのは、岩日北線の建設である　並木伸そんな文字の並ぶポスターである。

近くにいた人に聞くと、

「並木先生が、全財産を投げ出して、本を出版し、ポスターを貼りつけているんです」

と、いった。

岩国署のパトカー二台に分乗して、並木が経営している出版社に向かった。

三階建ての小さなビルには「鉄道日本」の垂れ幕が下がっていた。

ビルの入口には、並木の出した本が、山積みされ、それを無料で配っていた。

近づくと、社員が、その本を、十津川にも渡して寄越した。

十津川は、その社員に、警察手帳を示してから、

「並木社長は、何処にいる？」

と、きいた。

「三階の自宅です」

の声と一緒に、十津川たちは、ビルの中に、雪崩《なだ》れ込んだ。

逮捕された並木伸は、黙秘を続けたが、十津川は、楽観していた。

主義主張のはっきりしている人間は、きっかけさえあれば、あっさり何もかも喋ってしまうものだからである。

捜査本部は、解散した。

その一週間後、河原崎誠から、手紙が十津川に届いた。

「事件の渦中におりました時は、お世話をおかけしました。六十五歳にもなりながら、沢田澄江が死んだことが信じられず、そのため、虚言を吐いて、ご迷惑をおかけしました。事件が解決し、私もようやく、六十五歳の心境になれました。

その第一歩として、私は社長職を、息子にゆずり、念願だった世界一周旅行に出るつもりです」

この手紙と一緒に、佐々木小次郎の人形が送られてきた。

ただ、この人形は、手に、剣を持たず、その代わりに、一本のバラを持っていた。

この作品はフィクションであり、作中に登場する人物、団体、場所等は実在のものと関係ありません。

『西から来た死体　錦川鉄道殺人事件』　二〇一八年二月　C★NOVELS
※初出＝『中央公論』二〇一七年七月号～一八年一月号

中公文庫

# 西《にし》から来《き》た死体《したい》
## ——錦川《にしきがわ》鉄道《てつどう》殺人《さつじん》事件《じけん》

2020年11月25日　初版発行

著　者　西村《にしむら》京太郎《きょうたろう》

発行者　松田　陽三

発行所　中央公論新社
〒100-8152　東京都千代田区大手町1-7-1
電話　販売　03-5299-1730　編集　03-5299-1890
URL http://www.chuko.co.jp/

DTP　ハンズ・ミケ
印　刷　三晃印刷
製　本　小泉製本


Published by CHUOKORON-SHINSHA, INC.
Printed in Japan　ISBN978-4-12-206992-3 C1193

## 中公文庫既刊より

に-7-50
盗まれた都市　左文字進探偵事務所　西村京太郎
東北のある都市で「反東京条例」が可決された。私立探偵の左文字は不穏な空気の正体を突き止めるため現地に飛ぶが、殺人事件の犯人に仕立て上げられてしまう。
206090-6

に-7-52
さらば南紀の海よ　西村京太郎
「白浜温泉に行きたい」と望んだ余命なき女を殺害し、その息子が乗車した〈特急くろしお〉を爆破した犯人は誰？　十津川は驚愕の推理を胸に南紀へ飛ぶ！
206201-6

に-7-53
十津川警部 鳴子こけし殺人事件　西村京太郎
不審死した女性の部屋から五体の鳴子こけしが持ち去られ、東京・山口・伊豆の殺人現場に次々と置かれていく。十津川は犯人を追い京都へ。
206309-9

に-7-54
祖谷《いや》・淡路 殺意の旅　西村京太郎
かずら橋で有名な徳島の秘境と東京四谷の秘密クラブで画策された連続殺人事件⁉　十津川のかつての部下が容疑者に。政界の次期リーダーの悪を暴け！
206358-7

に-7-55
東京－金沢 69年目の殺人　西村京太郎
終戦から69年たった8月15日、93歳の元海軍中尉が東京で扼殺された。金沢出身の被害者は、「特攻」の真相を探っていたことを十津川は突き止めるが。
206485-0

に-7-56
神戸 愛と殺意の街　西村京太郎
〈神戸の悪党〉を名乗るグループによる現金・宝石強奪事件。港町で繰り広げられる十津川と犯人の白熱の知恵比べ。悪党が実現を目指す夢の計画とは？
206530-7

に-7-57
「のと恋路号」殺意の旅　新装版　西村京太郎
自殺した婚約者の足跡を辿り「のと恋路号」に乗ったあや子にニセ刑事が近づき、婚約者が泊まった旅館の従業員は絞殺される。そして十津川の捜査に圧力が。
206586-4

各書目の下段の数字はISBNコードです。978－4－12が省略してあります。

に-7-58
恋の十和田、死の猪苗代 新装版
西村京太郎
ハネムーンで新妻を殺された過去を持つ刑事が、猪苗代湖で女性殺害の容疑者に。部下の無実を信じる十津川警部は美しい湖面の下に隠された真相を暴く！
206628-1

に-7-59
鳴門の渦潮を見ていた女
西村京太郎
元警視庁刑事の一人娘が、鳴門〈渦の道〉で何者かに誘拐された。犯人の提示した解放条件は現警視総監の暗殺！ 警視庁内の深い闇に十津川が切り込む。
206661-8

に-7-60
姫路・新神戸 愛と野望の殺人
西村京太郎
人気デザイナー尾西香里がこだま車内で殺害された！容疑者として浮上した夫には犯行時刻のアリバイが。愛憎と欲望が織り成す迷宮に十津川の推理が冴える。
206699-1

に-7-61
木曽街道殺意の旅 新装版
西村京太郎
捜査一課の元刑事が木曽の宿場町で失踪、さらに実在しない娘から捜索依頼の手紙が届く。残された写真をもとに十津川・亀井コンビは木曽路に赴くが……。
206739-4

に-7-62
ワイドビュー南紀殺人事件 新装版
西村京太郎
十津川警部の部下・三田村刑事は、恋人と南紀へ旅行中に偶然、殺人事件に遭遇。それは連続殺人への幕開きにすぎず、やがて恋人も姿を消した……。
206757-8

に-7-63
わが愛する土佐くろしお鉄道
西村京太郎
高知への帰省当日に刺殺された女子大生。事件の鍵を握るのは、四国の鉄道事情と地元の英雄である龍馬の影⁉ 十津川警部は安芸へ向かう。
206801-8

に-7-64
宮島・伝説の愛と死
西村京太郎
癌で余命いくばくもない一乗寺多恵子が殺害された。犯人はなぜ死期の迫った女性を殺めたのか？ 事件解決の鍵を求めて十津川警部は宮島へ向かったが……。
206839-1

に-7-65
由布院心中事件 新装版
西村京太郎
温泉地由布院で、旅行中の新妻が絞殺され、夫に殺人容疑が。東京では妻のかつての恋人が白骨遺体で発見された。友人夫婦を襲う最悪の事態に十津川警部は⁉
206884-1

各書目の下段の数字はISBNコードです。978－4－12が省略してあります。

**に-7-66　パリ・東京殺人ルート　新装版**　西村京太郎

パリで殺害された日本人が内偵中の容疑者と判明し十津川警部は現地へ。だが謎の犯罪組織の罠に警部は窮地に。パリ警視庁のメグレ警部も捜査に協力するが。

206927-5

**あ-10-10　静かなる良人　新装版**　赤川次郎

浮気をして家へ帰ると夫は血まみれで倒れていた。犯人探しにのりだした妻の千草は、生前気づかなかった夫の思いがけない一面を知る……。〈解説〉山前　譲

206807-0

**あ-10-11　迷子の眠り姫　新装版**　赤川次郎

クラス対抗リレーの練習に出かけた昼下がり、誰かに川に突き落とされた高校生の笹倉里加。病院で目を覚ました彼女に不思議な力が！〈解説〉山前　譲

206846-9

**あ-10-12　いつもの寄り道**　赤川次郎

出張に行ったはずの夫が、温泉旅館で若い女性とともに焼死体で見つかった。夫の手帳を手に入れ、事件の謎に近づく加奈子に危険が迫る！〈解説〉山前　譲

206890-2

**あ-10-13　夜に迷って**　赤川次郎

将来有望な夫と可愛い娘のいる沢柳智春。義父の隠し子や弟のトラブル解決に尽力するが、たった一度の過ちが噂になり追いつめられていく。〈解説〉山前　譲

206915-2

**あ-10-14　夜の終りに**　赤川次郎

三年前の殺人事件で記憶を失った母。別居中の父。殺人犯の夫が殺された矢先、娘の有貴が通り魔に襲われた。一家を陥れようとするのは……？〈解説〉山前　譲

206931-2

**あ-10-9　終電へ三〇歩**　赤川次郎

リストラされた係長、夫の暴力に悩む主婦、駆け落ちした高校生カップル……。駅前ですれ違った他人同士の思惑が絡んで転がって、事件が起きる！

205913-9

**う-10-27　薔薇の殺人**　内田康夫

脅迫状が一通きただけの不可思議な誘拐事件。七日後、遺体が発見されたが、手がかりはその脅迫状だけだった。浅見光彦が哀しい事件の真相に迫る。

205336-6

も-12-77
## 愛する我が祖国よ
森村誠一
妻を喪った新人作家の永井は朝鮮戦争の激戦地へ赴き、かけがえのない仲間と出会い妻の死に疑念を抱く。『サランヘヨ　北の祖国よ』改題。〈解説〉池上冬樹
206824-7

ひ-21-11
## 猿の悲しみ
樋口有介
弁護士事務所で働く風町サエは、殺人罪で服役経験を持つシングルマザー。ある日、出版コーディネーターが殺された事件についての調査を命じられる。
206141-5

ひ-21-12
## 風景を見る犬
樋口有介
高校生最後の夏休み。香太郎は次々と出会う美女たちに翻弄されながらも、悲しい事件の結末を風景として見つめつづける——。〈解説〉若林　踏
206290-0

ひ-21-13
## 遠い国からきた少年
樋口有介
芸能界のフィクサーと呼ばれる男が、要求されている賠償金額を減らしたいと羽田法律事務所を訪れた。謎多き美脚調査員が、アイドルグループの闇を暴く！
206570-3

ひ-21-5
## ピース
樋口有介
連続バラバラ殺人事件に翻弄される警察。犯行現場に「平和」は戻るのか。いくつかの「断片」から浮かび上がる犯人。事件は「ピース」から始まった⁉
205120-1

ち-8-8
## 事件の予兆　文芸ミステリ短篇集
中央公論新社編
大岡昇平、小沼丹から野坂昭如、田中小実昌まで。非ミステリ作家による知られざる上質なミステリ十編を一冊にした異色のアンソロジー。〈解説〉堀江敏幸
206923-7

ゆ-6-1
## 盤上の向日葵（上）
柚月裕子
山中で発見された身元不明の白骨死体。遺留品は、名匠の将棋駒。二人の刑事が駒の来歴を追う頃、将棋界では世紀のタイトル戦が始まろうとしていた。
206940-4

ゆ-6-2
## 盤上の向日葵（下）
柚月裕子
世紀の一戦に挑む異色の棋士・上条桂介。実業界から転身し、奨励会を経ずに将棋界の頂点に迫る桂介の、壮絶すぎる半生が明らかになる！〈解説〉羽生善治
206941-1

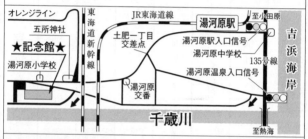